眼里,成都如何成为朝廷经济的一张试纸?交子诞生后,与成都"十二月市"如何

家?更为可笑与悲哀的是,就连交子铺唯一出现的商人代表王昌懿,还是私交子出

最后落脚到"蜀道"与"世道"。

1024—2024，世界第一张纸币交子诞生地成都，以及千年来的世界

卷

章夫 著

四川人民出版社
成都时代出版社

图书在版编目（CIP）数据

1024—2024，世界第一张纸币交子诞生地成都，以及千年来的世界 / 章夫著. -- 成都：四川人民出版社：成都时代出版社, 2025.1. -- ISBN 978-7-220-13974-1

Ⅰ.I25

中国国家版本馆CIP数据核字第2024EX6531号

1024—2024，SHIJIE DI-YI ZHANG ZHIBI JIAOZI DANSHENGDI CHENGDU，YIJI QIANNIAN LAI DE SHIJIE

1024—2024，世界第一张纸币交子诞生地成都，以及千年来的世界 （中卷）

章 夫 著

出 版 人	黄立新
责任编辑	唐 虎 勒静宜 邹 近
封面设计	李其飞
整体创意	朱勇 唐倩
肖 像 画	向以桦
特约校对	北京圈圈点点文化发展公司
责任印制	周 奇
出版发行	四川人民出版社（成都市三色路238号） 成都时代出版社
网　　址	http://www.scpph.com
E-mail	scrmcbs@sina.com
新浪微博	@四川人民出版社
微信公众号	四川人民出版社
发行部业务电话	（028）86361653　86361656
防盗版举报电话	（028）86361653
制　　版	成都完美科技有限责任公司
印　　刷	四川机投印务有限公司
成品尺寸	145mm×210mm
印　　张	23.75
字　　数	558千
版　　次	2025年1月第1版
印　　次	2025年1月第1次印刷
书　　号	ISBN 978-7-220-13974-1
定　　价	99.00元（全三卷）

■ 版权所有·侵权必究

本书若出现印装质量问题，请与我社发行部联系调换

电话：（028）86361656

中卷

天圣元年的成都

第 6 章　交子时代的成都官员们

"益州交子务"诞生　　　　　　　　**244**
宋祁的成都往事　　　　　　　　　**253**
存废之争　　　　　　　　　　　　**261**
为何是薛田?　　　　　　　　　　**271**
"惟不入京"的矛盾心理　　　　　**279**
大宋的一张试纸　　　　　　　　　**286**
一座城市华丽的倩影　　　　　　　**294**

本章词条：千斯仓钞版，蜀刻本，官交子工艺，益州交子务，抄纸院，成都造币小史

第 7 章　成都"十二月市"

击鼓三百，开市了!　　　　　　　**303**
多如牛毛的节日　　　　　　　　　**315**
以三月蚕市为例　　　　　　　　　**328**
成都的元宵夜　　　　　　　　　　**339**
美酒成都堪送老　　　　　　　　　**348**

本章词条：成都十二月市，宋代成都节日，安福寺塔，成都"新十二月市"

第 8 章　蜀商，一个独特的标签

一眼望不到头的荆棘之路　　　　　**358**

"迁虏"卓王孙的财富人生	367
成都"首街"变迁史	376
残书中若隐若现的蜀商背影	385
两个貌似蜀商的成都人	395

本章词条：锦官城，蜀中名锦，东大路，成都锦院，蜀中名酒

第9章 一枚铜钱的命运追踪

一个黄头郎官的登天之路	406
成色十足的"邓通半两钱"	411
一个看似荒唐的决定	416
一枚极其满意的棋子	421
邓通庙里供着"邓财神"	428

本章词条：战国货币，邓通钱，铁五铢，蜀五铢，大蜀通宝

第10章 从"蜀道"到"世道"

百姓无"法"无"天"	435
逼出来的开明	443
大宋之"路"	450
"道"与"路"的肇始	457
"四路"来风	467
"蜀道"与"世道"	477
天降的"平民社会"	485

本章词条：宋朝宰相，宋朝兵制，北宋科举，南宋科举，"四川"来历，蜀道，方孝孺《蜀道易》

天圣元年的成都

大河上下，宋仁宗治下的天圣元年（1023）看似无关轻重。

成都，却经历一场前所未有的革命。

中华历史大事记将写下浓墨一笔：世界上第一种由政府发行的纸币——交子发行。

它的诞生地，在成都。

中卷

第 6 章　交子时代的成都官员们

"益州交子务"诞生

乾兴元年（1022）的春天格外寒冷，大宋都城开封笼罩在一片阴郁和萧瑟之中，城外还未远去的银装素裹与城内大殿那一抹白色的装束相辉映。盘旋在天地间的几只乌鸦不时发出凄婉的叫声，开封城里的每一个百姓都体会到了，大宋又要出大丧了。

没错，1022年3月23日，宋朝第三位皇帝宋真宗赵恒驾崩延庆殿。宋真宗赵恒第六子年仅13岁的赵祯即皇帝位，由皇太后刘娥垂帘听政（代行处理军国事务）。

北宋天圣元年（1023），初夏的开封风轻云淡，内城皇宫紫宸殿上，刘娥与赵祯正早朝。宰相王钦若上奏，为迎接新的盛世，展示大宋万世气象，请求新铸货币"天圣元宝"以纪其盛。

刘娥心情高兴，面带笑靥的她看了一眼坐在右侧的赵祯，说了一个"准"字。

天圣元宝分为真书、篆书二体。铜钱为小平版式，另有铁钱有小平、折二版式。篆、真成对组成的对钱，系同时铸造的钱文相同而书体不同，即两枚钱的钱径、穿径、内外廓、厚重、铜质、字位及字体大小均相同。对钱又称对书钱或对子钱，正是起始于天圣元宝，也是我国钱币史中对钱的起始。其组对严谨，铸造工整。此后对钱在北宋盛行，成为北宋钱币中的主体。

紧接着，王钦若又奏道，益州施行纸币交子有数年，百姓已经习惯使用，基础较好。因引发民间挤兑致信用受损，益州官员经过调研，认为可行，请求成立交子务，具体实施。

一听说来自益州成都的事，刘娥听得很认真，王钦若见太后如此上心，继而又多说了几句："四川用铁钱，体重值小，一千个大钱重二十五斤，买一匹绢需要九十斤到上百斤铁钱。流通很不方便，商人们发行一种纸币，命名为交子，代替铁钱流通。"

刘娥听明白了，她即下旨在成都设立"益州交子务"，由京朝官担任监官，主持交子发行，并"置抄纸院，以革伪造之弊"，严格其印制过程。天圣二年正式上市，首届交子发行一百二十五万六千三百四十贯，备本钱三十六万贯（以四川的铁钱为钞本）。

原来，成都正是太后刘娥的家乡。刘娥原本出身寒微，自小便父母双亡，襁褓中的刘娥成了孤女，寄养在母亲庞氏娘家。寄人篱下的刘娥，稍稍长大就成了歌女，不但歌声婉转动听，还善于播鼗（一种类似拨浪鼓的乐器）。15岁从成都来到了京师——东京汴梁谋生。一个偶然机会进入襄王府，寄居襄王府给事张耆家中。宋真宗即位后，有幸进入宫廷，逐渐从美人升至德妃。郭皇后死后，真宗册立刘娥为后。刘娥机敏聪慧、通晓史书，颇具政治才干，为真宗所倚重。1020年，真宗病重，朝政多由刘娥裁决。宋真宗病逝时，遗命刘娥为皇太后，权同听政，辅佐仁宗赵祯。仁宗即位时，年龄幼小，刘娥垂帘听政。直至明道二年

（1033），赵祯开始亲政。

宋仁宗天圣二年（1024）十一月，刘娥身穿帝王龙袍（衮衣），接受宋仁宗和群臣所上尊号：应元崇德仁寿慈圣皇太后。她也是宋朝第一个临朝称制的女主。

提到"天圣"年号，人们不禁会问，何谓"天圣"？有何来历？这里不妨作一介绍。

宋仁宗执政42年，是大宋皇帝中在位时间最长的一位。42年皇帝生涯中，宋仁宗共使用过九个年号，即天圣、明道、景祐、宝元、康定、庆历、皇祐、至和、嘉祐。如果对历史有兴趣和研究的话，一定会从中窥探出这位皇帝的政治轨迹。为突出主题，这里我们只说"天圣"。

乾兴元年（1022）二月，宋真宗驾崩，13岁的皇太子赵祯即位，是为宋仁宗。宋仁宗继位初，沿用了乾兴的年号，第二年才改元天圣。作为北宋第一个少年天子，赵祯亲政之前，皇太后刘娥垂帘听政。

宋仁宗的第一个年号为何叫"天圣"呢？时章献明肃太后临朝称制，议者谓撰号者取天字，于文为"二人"，二人为"天"，以为"二人圣"者，主要是取悦于还在垂帘听政的太后刘娥。天圣，即"二人圣"，是那一帮咬文嚼字的执政大臣们，玩了一个讨好刘太后的文字游戏。

北宋皇帝的年号有个规律，即一个年号使用不会超过九年。

国朝百有余年，年号无过九年者。开宝九年改为太平兴国，太平兴国九年改为雍熙，大中祥符九年改为天禧，庆历九年改为皇祐，嘉祐九年改为治平。（欧阳修《归田录》）

九为至尊。北宋朝的年号最长到第九年的时候，就会宣布改用新的年号。不过天圣年号用满了九年，到第十年时改为"明道"。十年过去了，宋仁宗已经23岁，早已经到了亲政的年纪。刘太后还是不愿意放权，所以"明道"和"天圣"一样，仍体现刘太后临朝称制的影响。

后改"明道"，字于文为"日月并"，犹与"天圣"义同。

"明"字有"日边有月""日月并立"之意，仍反映刘太后主导朝局的形势。

宋仁宗的头两个年号"天圣"和"明道"，直截了当地告诉天下臣民，天下是仁宗皇帝的天下，更是太后刘娥的天下。

这一年，还有一件涉蜀人的事可说。

福州（今福建福州市）知州陈绛，邀请蜀人龙昌期到福州，为当地老百姓、官员讲解《易经》。龙昌期的福州之行，刮起了一股"龙旋风"，其人备受敬重，极具影响，竟引起了当朝皇上宋仁宗的注意。

这个龙昌期，是北宋时陵州（今四川仁寿）人。此人博学，一生研读经学，四处讲学，著书百余卷，学古人而不拘泥于古人，不盲目轻信古籍，不笃信一家之言，言论中多有创新，当时的儒林学子从他身上得到很多益处。嘉祐四年（1059），仁宗爱才，诏取其书，时年八十余，诣京师，赐五品服。《宋史·胡则传》载：

（福州）前守陈绛尝延蜀人龙昌期为众人讲《易》，得钱十万。绛既坐罪,遂自成都械昌期至。则破械馆以宾礼,出俸钱为偿之。昌期者,尝注《易》《诗》《书》《论语》《孝经》《阴符经》《老子》,其说诡诞穿凿,至诋斥周公。初用荐者补国子四门助教,文彦博守成都,召置府学,奏改秘书省校书郎,后以殿中丞致仕。著书百余卷,嘉祐中,诏取其书。昌期时年八十余,野服自诣京师,赐绯鱼,绢百匹。欧阳修言其异端害道,不当推奖,夺所赐服罢归,卒。

宋仁宗下诏要龙昌期进献著作时,据说龙昌期已经89岁,他穿着平民服装独自到京师,进献著述100余卷。北宋重臣欧阳修等人认为龙昌期著述荒诞不经,是异端学说,尤其指责周公为大奸大恶之人,不可为训。宋仁宗遂罢黜龙昌期,下令益州毁弃所有龙昌期著作的刻印版本,撤销以前赐给龙昌期的五品服、100匹绢的优厚待遇。龙昌期受到打击,郁郁寡欢,于第二年去世。

还有一事可进入天圣元年的编年史。

是年三月,一位名叫张君平的四品官员上书朝廷,认为南京(今河南商丘)及陈(今河南淮阳)、许(今河南许昌)、徐(今江苏徐州)、宿(今安徽宿州)、亳(今安徽亳州)、曹(今山东菏泽)、蔡(今河南汝南)、颍(今安徽阜阳)等州,存在大量古代遗留下来的水利工程与开封府(今河南开封)相通,但由于年代久远,又不曾治理,因而京城曾几度遭受水患,建议疏浚这些水利工程。

张君平的官名叫"提点开封府界诸县镇公事",其职权是,京都开封府界内,除了东京城,其余诸县有关司法、刑狱、盗贼、场务、河渠等事务，皆由府界提点来主持。其权位仅次于知府，尤在推官、判官之上。

张君平所奏之事，引起了宋仁宗的极大重视，遂采纳了他的建议。命令各州长官计算出总的工作量，政府专门设置档案加以记载，如果工作量不符合实际情况或由于水流堵塞而损坏民田，地方长官要受到惩罚，并负责赔偿损失；同时监督各地方长官，以防止他们以修治河道为名义勒索钱财，知州、通判、县令等地方长官能劝诱所在地区老百姓出资修河，将作为政绩加以考核评比。

可以肯定的是，这一年刘娥家乡成都应该十分繁忙与热闹，因为御旨恩准了成都发行纸币交子的事，这在成都可是天大的事。即便放在历史长河去看，其影响力也绝不亚于这一年所发生的任何一件事。

世界上最早由政府发行的纸币——"官交子"的准生证正式发放。没错，就是交子。宋仁宗天圣元年（1023）朝廷已经下了圣旨，天圣二年交子就要正式上市营业，你说，成都能不繁忙吗？

事实也正是如此，如果不是历史研究者，今天很少有人知道，北宋有一个刘娥。她来自蜀地成都。更为重要的是，是她，亲自促成了世界第一张纸币的诞生。

由于年代久远，纸张容易腐烂，并且朝廷往往尽数收兑销毁旧界交子，所以如今已经难觅交子实物。但从收藏于日本银行货币博物馆的一块宋朝纸币的铜钞版中，可以具体了解交子票面的设计。该铜版竖五寸二分，幅二寸。版面有边沿线，上半部分绘有十枚圆形方孔钱的符号图样；中间部分题写"除四川外许于诸路州县公私从便主管并同见钱七百七十陌流转行使"共二十九个字；下半部分为宋代"屋木人物"风俗画，内容为货仓、官员、劳力的形象。因在画面的右上侧题写有"千斯仓"的题签，该钞版又被称为"千斯仓钞版"。钞版上部为十个方孔古钱币的符号，呈现了古人贯制铁钱时摞成十摞后的俯视效果。在纸币上印刷圆形方孔钱，代表着纸币以金属货币为本位的货币属性。钞版中部刻有"除四川外许于诸路州县公私从便主管并同见钱七百七十陌流转行使"共二十九个字，表明了其使用的区域和面额，大意是说除了四川地区以外，允许在诸路州县，供官方和民间交易使用，经手钱钞者将其视同现钱七百七十，流通使用。"除四川外"字样，表明这张纸钞可在四川以外的地区流通使用，但关于该纸币具体的发行地点，已难以知晓，有学者认为这枚纸钞为当时潞州所发行。北宋熙宁二年（1069），王安石主持实施了变法改革。王安石上书皇

词条　千斯仓钞版

帝赵顼在河东潞州设置"潞州交子务",这一举措直接推进了交子在北方地区的发行流通。在当时,潞州交子务成立时间仅晚于四川益州交子务,两处交子务一个在西南,一个在北方。除此之外,在相当长的一个时期内,全国再没有相同性质的纸币发行机构,因此,"除四川外"如果不是在四川发行,则是指在潞州发行。"公私从便"意为"在官方和民间交易均可"。钱币的使用存在多种支付场合,包括商人和铺户的交易、商人和商人的交易、政府和百姓的交易等,且存在拒收、拒兑等情况。因此,"公私从便"交代了纸币的使用范围,即在官方和民间都可以自由汇兑和流通。钞版中部所写的"主管",是指主管钱钞兑换和交易的人员。"主管并同见钱"意为"接受此钱钞为支付手段者,一律将其视作现行的钱币"。而"七百七十陌"为纸钞钞额,换算成现钱应为"一贯"。宋初承袭五代的习惯,行用省陌制,规定以七十七钱为"一陌(百)"。七十七钱为一百,七百七十钱为一千,亦作一贯。七十七成了一种折算率。该钞版上所写的"七百七十陌",如果按照"陌"即"百"的说法,"七百七十陌"即为"一百贯",但是这与宋代的纸币面额是严重不符的。因此这里的"陌"只代表折算时的分母,即"足陌"。以"七十七"为足陌的折算率下的"七百七十",也就是以

词条 千斯仓钞版

词条　千斯仓钞版

七百七十钱为一千，即一贯。钞版下半部刻有宋代风俗画：房屋、成袋的包装物，以及三个人物形象。其中两人装束较为齐整，应该是管理仓库的官员，另外一人作弯腰状，似乎正在汇报事项。右上角书写"千斯仓"三字。"千斯仓"的典故出自《诗经·小雅·甫田》中"乃求千斯仓，乃求万斯箱"一句，该句意思是指粮食之多，尚需建造千座粮仓，万座粮箱。此处出现"千斯仓"也暗示了纸币这种货币形式，是在物质条件富足、商品经济发达的基础上才诞生行用的。整体上看来，该钞版从上到下的设计元素清晰表达了纸币的属性、使用地区、使用职能、纸币面额等重要信息，同时在复杂的图案雕刻中暗藏常人不易仿制的细节，兼具防伪功能。

宋祁的成都往事

天圣二年（1024），京城发生了一件趣事。安州安陆（今湖北安陆）人宋祁与其兄宋庠同举进士，礼部本拟定宋祁第一、宋庠第三，但仁宗嫡母章献皇太后刘娥觉得，弟弟不能排在哥哥前面，于是定宋庠为头名状元，而把宋祁放在第十位，人称"大小宋"，以示区别，又有"双状元"之称。

却说刘娥与宋祁二人，都与成都有关系。刘娥是宋朝第一位摄政的皇太后，为"仁宗盛治"打下了坚实的基础。而这个宋祁，在30年之后被派往成都做官，那一年是嘉祐元年（1056），宋仁宗提升他为吏部侍郎后，很快让他"知益州"（办公地点在成都市）。

宋祁知益州时，已经59岁了。

这里需要说明的是，"知"是古代官制的一种官名，通常用于地方行政和治理。宋初鉴于五代藩镇之乱，留诸镇节度于京师，而以朝臣出守列郡，称"权知某军州事"，简称"知州"。原意为"暂行主持某军州兵政、民政事务"。宋时，"知官"权力很大，不仅负责兵政、民政、行政事务，还承担了公共安全和城防建设等任务。而益州是中国古代的一个行政区划名，包括今天的四川省、重庆市和贵州省的部分地区。因此，"知益州"算得上益州地区的最高行政长官。

成都自古号称天府之国，民间富足，歌舞升平。懂生活、会享受的宋祁来到成都，尽情地游乐。虽为大宋封疆大吏，耳顺之年的宋祁却仍似一老顽童，在成都留下诸多逸事，这些逸事多与美女相关。

比如，一天，宋祁与朋友在锦江边喝酒，江风徐来，忽起寒意，他让随从回去取"半臂"（汉服外套）。家里妻妾成群，每人拿了一件给随从，宋祁看着十余件外套，显得十分为难的样子，羡煞朋友。

又如，宋祁通常在酒后宴罢，让婢女们点上红蜡烛，妻妾美女们牵纸磨墨，侍候他笔走龙蛇修纂《唐书》，活像是一场行为艺术。高调的他，还打开大门，故意让百姓看到他生活的情况。红烛之下，珠环翠绕，衣影婆娑，路人们无不感叹宋祁神仙般的日子。繁琐无味的修史，在宋祁眼里成为一大乐趣。就这样，宋祁完成了《新唐书》列传150卷，《新唐书》主编欧阳修听说后，也赞赏有加。

宋祁喜欢请人吃饭，纵酒放歌玩通宵。"歌舞相继，坐客忘疲"，客人们都疲惫不堪了，怎么还没天亮呢？原来，宋祁害怕客人看到天亮后走掉，故意让人用重重帘幕把房屋遮蔽起来，挡住光线。等到宋祁自己"嗨"够了，才把帘幕撤下，这时已近次日中午。由是，宋祁的府邸又有了一个别称——"不晓天"。

其实，宋祁看似奢侈享乐的生活，是有社会土壤和宋朝特殊的历史背景。"与士大夫共治天下"的宽松政治，是为根本。早在宋仁宗的父亲宋真宗在位时，就"劝以声妓自娱"，几乎不管大臣们"八小时以外的生活"，以至于一时间"馆阁臣僚，无不嬉游宴赏，弥日继夕"。

名士风流大不拘。在宋代，只要做了文官，人就可以很闲，薪水也可以很高，那么，怎样用掉这些闲钱和闲暇呢？闲钱和闲暇有的是用武之地。单是酒楼，《东京梦华录》就记载，北宋都城汴京（今开封）有豪华酒楼七十二家，称为正店；小型酒楼数不胜数，称为脚店。酒楼作为娱乐场所，当然少不得女人和歌舞。需求制造供给，娱乐业的巨大商机，催生出海量的年轻漂亮的歌舞艺人。艺人要想在市场竞争里胜出，除了个人资质之外，还必须掌握最新、最流行的歌曲。这样一来，一线的词曲作家当然成为抢手资源，艺人们甚至养得活专业的词曲作家。

餐馆当然与饮酒分不开。无论是开封"七十二正店"这样的大型餐馆，还是成都的茶铺、酒馆，大部分皆为时人喝酒的地方。如此一来，吃饭就跟饮酒之乐、交欢之乐紧密地联系起来。宋代是个开明的社会，形象一点说，去这种地方就是为了纵情声色的，在一小时或者两三天的时间里，把责任和规矩抛诸脑后。

让人羡慕的宋代，娱乐业的繁荣兴旺一来可以彰显太平盛世的繁华景象，二来酒税是政府很重要的一项收入来源。所以在王安石变法的时代，甚至出现过这样一种荒唐事。农民可以进城向政府借贷，这是王安石13项"新法"内容中的一条，一些地方官非常精明，会在农民回家的路上安排酒楼表演节目，让花枝招展的歌女们载歌载舞。结果，淳朴的农民往往经不起诱惑，才借来的钱还没焐热就在酒楼里消费了。这里没有强买强卖，没有横征暴敛，只有市场手段。

生活奢侈享乐，多蓄婢妾声妓。宋祁在成都温润的享乐日子，让很多官员羡慕妒忌恨。多年过后，苏轼和朋友刘景文、周次元在西湖游乐时，写下一首诗，诗的原注这样写道："成都太守自正月二日出游，谓之邀头，至四月十九日浣花乃止。"字里行间透露出，同样喜欢玩耍的蜀人苏轼，一想到宋祁在自己老家吃喝玩乐三个多月的情景，心里就不由得酸酸的。

宋代文人的一些饭局里，"吃"已经使整个人从纯粹的身体满足上升到思辨哲学的最高境界。正如历史学家张光直所言，食物支撑了仪式秩序和政治秩序。如果人们正确理解了用餐，那么，"吃"就可以帮助人们适应仪式秩序和政治秩序之上更高一级的秩序，还能确保健康长寿。在被称为"吃"方面的行家那里，吃还会带来更微妙的快感。

看似"吃在成都"，活得通透明白的宋祁还是很讲政治的，他将在四川见到的富饶物产和吃过的美味美食，写成《益部方物略记》。最重要的是，他针对性施政，采取"法令谨严"和"开学校以诗书教人"之策，使得蜀地"百姓顺赖""盗贼衰弭"。

即或如此，不少官员还是向朝廷弹劾宋祁，称他在"益部多游燕"，"在蜀奢侈过度"。实际上，当初听说仁宗皇帝要用一位本来就喜欢游乐的著名文人——宋祁去执掌成都时，朝中重臣反对的人就不少，尤以王珪最为猛烈。"蜀风奢侈，祁喜游宴，恐非所宜。"王珪反对的理由不无道理，意思是说，宋祁的个性与成都有太多相合的地方，去了会把成都百姓"带坏"的，用今天成都的一句歇后语，这叫"瞌睡遇到枕头了"——求之不得。你想想看，一个疲惫不堪想要睡觉的人，遇到枕头肯定倒头就睡，那才叫一个舒坦。

平心而论，作为北宋时期的著名词人，宋祁的诗词虽笔力工巧，善于雕琢，与其兄宋庠并称为"大小宋"，但内容基本上是诗酒欢会，用我们今天的观点来看，题材比较受局限。下面几首宋祁的代表作，可见一斑：

锦缠道·燕子呢喃

燕子呢喃，景色乍长春昼。睹园林、万花如绣。海棠经雨胭脂透。柳展宫眉，翠拂行人首。

向郊原踏青，恣歌携手。醉醺醺、尚寻芳酒。问牧童、遥指孤村道："杏花深处，那里人家有。"

玉楼春·春景

东城渐觉风光好，縠皱波纹迎客棹。绿杨烟外晓寒轻，红杏枝头春意闹。

浮生长恨欢娱少，肯爱千金轻一笑。为君持酒劝斜阳，且向花间留晚照。

仁宗皇帝没有采信大臣们的反对意见，说这正好将宋祁之所长与成都休闲文化结合，做大做强成都的休闲文化产业，有何不可？还是固执地让宋祁知益州。宋祁当然欢喜得不得了，果不出众臣所料的是，如鱼得水的宋祁在成都这个安乐窝里过着神仙般的日子，文化产业不见大的起色，诗酒欢会的诗词倒作了不少。虽然科举时代的官员文字功底都不差，诗人词人也不少，但你首先是一个官员，这是为官之本。无疑，宋祁是本末倒置了。

其实，"宋祁现象"是有广泛的群众基础的，宋朝帝王大都有好酒的习惯。宋仁宗也喜饮酒，并在聚饮时带头劝酒，比如他在宴席中，就明确表示出对纵情饮酒的欣赏："天下久无事，今日之乐，与卿等共之，宜尽醉，勿复辞。"所以即便到晚年多病之时，宋仁宗依然无法节制。欧阳修亲眼所见，嘉祐八年（1063）上元节晨，宋仁宗率臣僚出游京城寺观过程中，设宴畅饮，至黄昏才罢。随后登楼观灯，又继续饮酒，直至酒过五巡才散席。宋仁宗虽因此身体不适，但次日晚仍出游两寺，再与近臣对饮，就此加重病情。不久，宋仁宗便病死宫中。大宋皇帝一路数下来，即使是励精图治的宋神宗，亦常出席各种宴饮场合，其晚年最终病倒也与秋宴上饮酒有关。

更为荒唐的是宋朝南渡后第六位皇帝赵禥（宋度宗）。他在位十年贪酒好色，史称"自为皇太子时，以好内闻。既立，耽于酒色"。35岁早死，应该与过度纵欲和饮酒有关。身心俱弱的南宋第四代皇帝赵扩（宋宁宗）同样为酒所困，他还留下了甚为可笑的戒酒故事，据说他让宦官背负两"小屏"，上面写着"少饮酒，怕吐""少食生冷，怕痛"，凡后宫有人劝酒或冷食，他便手指小屏打发。即使如此，宋宁宗还是没有真正戒掉，只是退而求其次，"每饮不过三爵"。

宋祁在成都的好日子只过了两年，面对重重压力的宋仁宗，也不得不召宋祁回京。

宋仁宗是喜爱宋祁的。宋祁年轻时风流倜傥，是开封各阶层的青春偶像。据说，有一天宋祁在大街上碰到了雕龙画凤的皇家车队，车里坐着宫中的嫔妃，其中一位宫女掀开马车的帘幕，看到了宋祁，不禁失声喊道："是小宋呀！"

宋祁跟着这温柔可人的声音回望去，马车上的帘幕慢慢下垂，宫人的倩影也缓缓隐去，宋祁长伫而望，多情的年龄更加垂涎这种朦胧的美。宋祁把这种朦胧，糅进了他《鹧鸪天》一词之中：

画毂雕鞍狭路逢,一声肠断绣帘中。
身无彩凤双飞翼,心有灵犀一点通。
金作屋,玉为栊,车如流水马如龙。
刘郎已恨蓬山远,更隔蓬山几万重。

词的第三、四、七、八句,恰到好处地引用了唐代诗人李商隐的两首七律,"相思"效果更加凸现。这首通俗易懂朗朗上口的词,很快在京城青楼酒肆、市井会馆传唱,一直唱到了宫里,竟传到了宋仁宗的耳中。宋仁宗详细询问,原来有一宫女曾在仁宗宣召宋祁时看到过"小宋",成为"祁粉",这才有了那次在大街上的失声叫喊。仁宗再召宋祁入宫,不露声色地叫那个宫女唱起这首《鹧鸪天》,宋祁一听,惶恐万分,连连请罪。仁宗笑着说:"你不是说相隔蓬山万重吗?朕就让你蓬山不远。"遂将那位宫女赐给了宋祁。

宋祁一首相思之词,赢得仁宗赐美而归,慕杀世间多少男子。一直到清朝,一位名叫王士禛的文人还不禁感慨:"小宋何幸得此奇遇,令人妒煞。"

嘉祐六年(1061)五月,宋祁因病逝世,蜀人闻讯后"士民哭于其祠者数千人"。同样爱玩和会玩的蜀人,以这样真挚的情感,对宋祁表达认可与喜爱。

词条　蜀刻本

简称"蜀本"。宋代四川成都、眉山地区刻印的书本。蜀地为宋代刻书中心之一，宋末元初因战争而衰落。刻书分大字、小字两种版式，所刻多经籍、史书及别集。字体多作颜（颜真卿）体，并羼以柳（柳公权）体成分。两宋时期，刻版印刷业迎来了黄金时代。开封、杭州、福建建阳相继成为印刷重镇，而四川始终居于全国的中心地位。五千多卷的《大藏经》、一千卷的《太平御览》《册府元龟》和一千卷诗文总集《文苑英华》，以及五百卷小说总集《太平广记》，是宋朝规模最宏大、影响极深远的巨著，四川就刻印了其中三部。比如，开宝四年（971），宋太祖赵匡胤诏令四川雕刻《大藏经》，又称《开宝藏》，共五千零四十八卷，刻版十三万块，历时十三年，至太平兴国八年（983）竣工，运往开封印刷。这是我国历史上第一部完整的佛经总集，此后历世所刊印的《大藏经》多为宋蜀刻本的复版。宋朝中央政府还先后把蜀刻《大藏经》赠送给朝鲜、越南、日本等国，对亚洲刻版印刷的发展和文化交流起有重要的作用。日本僧人奝（diāo）然986年从中国带回《大藏经》以后，传到日本已200多年的刻版印刷术，这时才真正流行起来。

存废之争

交子在北宋掀起了长达半个多世纪的金融风暴,可谓独领风骚,无形中成为世界上第一张纸币,还真得拜刘娥所赐。

本书第4章以"王昌懿和他的'交子铺'"为题,介绍了北宋初年,成都十六户蜀商创设交子的过程。这时的交子,还只是"私交子"。也就是说,只是商人之间用来交换的信用凭证,为了方便流通,促进市场繁荣,官府默认而已。但是,并没有政府认可并核发的"准生证"。

马克思有一句名言:"资本来到世间,从头到脚,每个毛孔都滴着血和肮脏的东西。"他在其名著《资本论》"所谓原始积累"一章中,引用《评论家季刊》的一大段文字继续控诉资本:

一旦有适当的利润,资本就胆大起来。如果有10%的利润,它就保证到处被使用;有20%的利润,它就活跃起来;有50%的利润,它就铤而走险;为了100%的利润,它就敢践踏一切人间法律;有300%的利润,它就敢犯任何罪行,甚至冒绞首的危险。

马克思说的是19世纪的西方工业革命时代,他揭露了贪婪的恶。这样的贪婪在各个朝代都存在,比如北宋时的成都。当看到凭借一纸轻轻的交子,就可以兑换成堆的财富的时候,有人就打起了主意。

且看李有勋先生在《大宋蜀商》第二十六回中描述的文字片段:

这日,许田在泉潭花厅给王昌懿、王昌武讲大事不好。

泉潭商号商讯队确真探得消息,城南有胆大包天者冒我泉潭交子铺的名号,在发放交子。

王昌懿大惊,问道:"是谁人作之?"

许田道:"听人言,是狗侯齐作得。"

王昌懿气忿地一拍桌道:"可恶。此贼商藐视王法,这还了得。"

正此时际,忽有王昌德闯入厅来,慌张道:"不得了啦。我交子铺来了傅奎等七八个商贾,持着伪作泉潭交子票券,来兑钱哩。"

王昌懿一听,忙叫王昌武等,道:"我等去看看。"

这时节,泉潭交子铺,犹似炸开了锅,嘈杂嚷嚷,纷乱一片。傅奎商贾们对着伙计,使劲地挥舞着手中的伪交子,大声吼道:"泉潭不讲信用,怎不兑钱。"

"再不给钱,我等就告衙门去。"王昌懿从内进得柜台,制止了伙计的分辨,对那拨商贾道:"我是泉潭交子铺的掌柜,汝等手中的交子,柜上已甄别,柜章与敝掌柜私印不真,第二家的,何谓再有人做得来?"

靳官贼答:"有的。"

他接下便把时际在内屋从帘缝里偷觑得那金松旦贪财的行

止，看得个准的话讲给侯齐听了，又道："我观那相延阁有臭骨气，可我担保他那个徒弟金松旦，却八九不离十是个想钱的主。倘如我等利诱之，见钱如蝇逐腥，金松旦还怕他不做？假雕版制作与刊印就交给他。你看如何？"

侯齐即就喜言，高声奉承，道："靳大人主意甚妙。"

随即，转头对孙二狗道："你再去宏泰刊刻坊，伺机背着相延阁，将金松旦叫来，告诉他有大钱可赚。"

孙二狗受差遣，如听话的狗般，遂转身一阵快走。果只待两三盏茶工夫，便将金松旦给带到厅上。用不着多费唇舌，金松旦见得白花花一百两纹银，惊愕地张开大嘴，两眼放贼光，收下银两道："侯员外，对泉潭交子雕版的仿刻就包在我金松旦身上，你就把心放到肚里去。一二十日内准将交货于你。"

侯齐道："你暗作，须避开耳目，且还得印制出来。"

金松旦谄笑一声，应道："我晓得，自会在家做，何人可晓？"

正待金松旦背上银包裹欲走，时偷摸于门外偷听消息的阚瞻，摇着肥躯进厅来，拦下金松旦不忙走，使他复归其座，且言侯齐还有话说。

…………

这虽说只是小说中一个虚构的片段，但却同样揭露了人性的贪婪。这样的真实事件应该发生在宋仁宗天圣元年之前，时任益州知府的寇瑊接到了事关交子的数起金融诈骗报案。本书第4章已经交代，益州（成都）市面上十六家蜀商联合发行了一种存款凭证，每当有人将钱币存入他们的"交子铺"时，就发给储户一张交子作为存款凭证。储户只需付少量的手续费，随时可以用交子来提取现款。

问题来了，当储户们手持交子要求兑换成现款时，一些"交子铺"却拿不出钱来。发生"交子挤兑"事件后，一些储户急了，只好报官。

好事不出门，坏事传千里。益州知府寇瑊并不知道有多少人为此受骗，随着报案的人越来越多，他感受到了事态的严重性。

作为一任地方官员，百姓的事就是天大的事。寇瑊欲开始整顿交子铺。事实上，除了《大宋蜀商》中描述的有人通过制造"假交子"牟取暴利外，还有相当一部分，是那些蜀商们自身的问题。原来，一些蜀商发现一大堆钱放在铺里，认为有机可乘，从中挪用了这些钱，试图用他人的钱，为自己创造更多的财富。

他们也不知道储户何时会来取钱，随着他们私自取用的钱越来越多，当储户来取钱时，他们却拿不出钱来兑付。在此情况下，持有交子的人聚众向交子铺户索钱，交子铺户则关闭门户不出，双方闹到聚众争斗的地步。官府只得出面干预，"差官拦约"，强制交子铺户归还现款。结果持有交子的人每贯最多仍只得七八百文，损失不小。

寇瑊决定清理交子乱象。他发现，这些蜀商是因为有了特许经营交子的权利，是政府给了他们诈骗的机会。《宋朝事实》载，寇瑊到任后，一方面令交子铺户付还现款，另一方面，"诱劝交子户王昌懿等，令收闭交子铺，封印卓，更不书放"，"其余外县，有交子户，并皆诉纳，将印卓毁弃讫"，并下令"今后民间，更不得似日前置交子铺"。

至此，私交子在成都的历史宣告结束，行使多年的纸币，被寇瑊强行废止。

交子事件最终没有引发大的社会动荡。寇瑊认为这是自己的行政高效果断所致，作为一项重要政绩，他特地将此事写入他的工作报告，上呈仁宗皇帝，等待批示和嘉奖。

当然，我们身处当今时代，说寇瑊目光短浅是容易的。正如法国史学家费尔南·布罗代尔在《十五至十八世纪的物质文明、经济和资本主义》一书所言，16世纪的西方，"货币只是少数人弄得懂的鬼名堂"。"货币的背后，使人感到有魔鬼在操纵"。以至不少有头有脸的专家反对"新发明的票证"和"股票、钞票和财政凭证"，甚至建议取消纸币在英国的流通，以使新的贵金属大量流入英国。

要知道，寇瑊所处的时代，还是公元11世纪初叶，比16世纪的西方早了整整500年。

用传统眼光看，这个寇瑊，无疑是一个能吏。他最后官至"权知开封府事"，官衔大致在从一品或二品，历史上有名的"包青天"包拯（与寇瑊几乎同时代）也担任过此职。

令寇瑊万万没想到的是，他上奏朝堂的"交子事件"在朝议时引发了激烈的争论，朝堂之上，甚至有人指责他干扰了市场。这个人就是薛田，北宋时期的经济学家。

公元1023年北宋朝堂之上，有关交子存废的激烈争论无不透露出，这个时候的大宋真的是一个伟大的王朝。换一个朝代，皇帝还得对当事之臣训斥一番。或许，这样一件悖逆之举，根本就到不了皇帝那儿。

这，无疑是北宋天空弥漫的自由空气使然。

此时的薛田，是益州路转运使。也就是说，这时的他，与寇缄是益州路同一个政府领导班子的成员。

转运使的权力不可小视，主要管理地方财赋，还监察地方官吏。宋代初期，转运使主要因军事需要而设立，事毕则撤销。直到乾德元年，转运使开始作为固定的地方官职设立，此后逐渐成为地方行政体系中的重要组成部分。

> 都转运使、转运使、副使、判官，掌经度一路财赋，而察其登耗有无，以足上供及郡县之费。……中兴后，置官掌一路财赋之入，按岁额钱物斛斗之多寡，而察其稽违，督其欠负，以供于上。（《宋史·职官志》）

想当初，宋太祖就是利用转运使作为朝廷的有效抓手，来实现中央财政的增长的，他为了剥夺各个地方的独立财权，派遣了大量的使职官僚下去。他规定，地方财政事务都由中央政府设立的转运使掌控，而地方长官（节度使、防御使、观察使、留后、刺史等）均不管理财政事宜。回想一下唐代后期，一份税收要分成留州、送（节度）使、上贡（朝廷）三部分，而上贡的比例有时甚至不到十分之一，大部分的财政都被地方克扣。甚至有的藩镇干脆不向中央缴税，只是不定时地送一些贡品。

唐德宗当年的窘况仿佛是长鸣的警钟，随时提醒着宋代帝王。宋太宗赵炅更是直言不讳地说，整顿财政就要以唐为鉴。

> 前代帝王昏弱，天下十分财赋，未有一分入于王室。唐德宗在梁、洋，公私窘乏，韩滉专制镇海，积聚财货，德宗遣其子皋往求，得百万斛斗，以救艰危，即当时朝廷时势可见矣。朕今

收拾天下遗利，以赡军国，以济穷困；若豪户猾民，望吾毫发之惠，不可得也。（《续资治通鉴长编》卷37）

宋太祖设立的制度十分成功，直到宋代末年，地方官僚都无法与中央政府对抗。

相比知州的寇瑊而言，虽然官职不如寇瑊大，但薛田却更为专业。因为他担负着为朝廷聚财、生财的重任，并掌握宋朝廷地方的财富，对经济发展及人民生活需要的货币负有管理职责，既是为朝廷聚集财富的组织者，也是管理者。

寇瑊对交子比较业余的处理意见，薛田看在眼里，却与寇瑊有着截然不同的处置思路和意见。薛田在成都亲眼看见了私交子的种种弊端，更看到了交子令他惊叹的种种创新之处。他认为，虽然交子出现信用危机，但交子已经在蜀中广泛使用十数年，要想让蜀人回到"纯铁钱时代"已不现实。朝廷不能因噎废食，一废了之，这样回到从前，更难管理。可薛田也不赞成让私人发行交子。他提出，与其让私人赚钱，不如将交子收归官营，设立一个专门的"益州交子务"，由政府来管理并赚取利润，补贴财政的同时，又让民间也享受交子的便利。

转运使薛田、张若谷请置益州交子务，以榷其出入，私造者禁之。仁宗从具议。（《宋史·食货志下三》）

持同样观点的，还有后来的交子务负责人孙甫。他也认为：

交子可以伪造，钱亦可以私铸，私铸有犯，钱可废乎？但严

治之，不当以小仁废大利。(《宋史·孙甫传》)

宋朝是一个相对开明的王朝。兼听则明。与仁宗皇帝并排坐在垂帘听政位置上的刘娥，一听是来自老家的信息，也有了某种兴趣。外行看热闹，内行看门道。她显然认为，薛田站在朝廷的立场，其专业意见也极有道理，于是同意了薛田的建议。或许刘娥更放心让薛田这样有专业背景官员去管理益州，遂将寇瑊调至邓州（今河南邓州），让薛田接替了寇瑊"知州"的位置。

私交子时期，为了便于交子铺自身的宣传，以及提升交子的防伪功能，交子铺就开始有意识地选择印制交子的纸张，并优化交子的版面设计。据载，私交子由红、黑两色印刷，票面上有屋木人物画、各铺户的印记、防伪标记等各式图案，而到了官交子发行的时候，交子的版面进一步改进，在票面上题写面值一至十贯不等的面额，并加盖官方铜印。设计复杂：目前没有发现留存的交子实物，因此对于交子的版式设计，只能从相关文献记载中略窥一二。根据《宋朝事实》等古籍的记载，初期交子票样主要包括以下四个特点：一是交子由同样的纸张印造而成；二是交子印有当时的屋木人物图案；三是题有发行者各自的记号，并盖有其私印；四是手写面额。天圣元年（1023），益州交子务建立后发行的交子，票面样式与私交子大体相同，但也有不同之处。官交子的图案在承袭私交子的基础上有所改变，交子票面上的私人印记被"益州交子务印""益州观察使印"等官印所代替。为防止伪造，官交子票面上还题有"字号"，或盖有发行交子的"合同（印章）"。多重印押：为了增强纸币的防伪性能，交子票面上使用多重印押。交子自官方发行开始，便使用印章来昭示其信用。据《宋朝事实》的记载，交子票面上盖有"益

词条　官交子工艺

词条 官交子工艺

州交子务印"与"益州观察使印"两枚方印。北宋后期发行的"钱引"、南宋晚期发行的"关子"都借鉴了这种信用公示的手段,在纸币钞面上或盖六枚印,或盖八枚印,其形制更为复杂。铜版印刷:交子使用铜制钞版印刷主要有两个原因。一是因为在铜版上雕刻复杂的文字图案需要很高超的专业技巧,民间难以造伪;二是因为当时印刷纸币的数额较大,木质印刷工具容易在高强度的使用中磨损或者变形,而铜质钞版拥有更长的使用寿命和较高的印刷品质。多色套印:在印刷工艺上,交子采用红、黑两色套印。北宋后期的纸币"钱引"是在此基础上,进一步采用青、蓝、红三色套印而成。

为何是薛田？

薛田甫一上任，就着手请求朝廷支持他交子改由官办的主张。《宋朝事实》记录下了薛田向朝廷的奏请理由：

川界用铁钱，小钱每十贯重六十五斤，折大钱一贯重十二斤，街市买卖至三五贯文，即难以携持。自来交子之法，久为民便，今街市并无交子行用。合是交子之法归于官中，臣等相度欲于益州就系官廨宇，保差京朝官，另置一务。

有专家将薛田的那个详细方案，用现代语言归纳为以下五条：

在益州设置交子务，作为发行和收兑交子的专门机构。由知州保荐京朝一员任交子务监官，在知州领导监督下，主持交子的发行和收兑事宜；

交子务招募吏人工匠，在交子务印刷交子；

官交子的式样，按私交子的图案、阔狭大小，加盖益州观察使和益州交子务的官印；

建立官交子合同簿历，每张交子编上合同字号，标明面值，盖印以后由交子务监官收掌发行。凡人户用现钱请领，如数发给交子，依例扣除3%的手续纸墨费，允许在市场上代替铁钱使用。合同存根留交子务保存，待用交子兑现钱时，核对无误，随时付给现钱，注销合同簿历；

严禁民间伪造交子，凡检举别人伪造交子者，赏小铁钱五百贯，犯人发配使用铜钱地区服役。

刚刚独立操持国家大事的皇太后刘娥，更是想做些大事让天下百姓敬仰，薛田请求朝廷推行交子的想法，与刘娥"欲流天下而通有无"的经济主张，不谋而合。加之刘娥出生于成都华阳，更没有不支持的道理。

薛田知道，很多没有金融专业背景的官员难以理解他的举动，于是又形成几道奏折，反复陈述利弊得失，上奏朝廷。朝廷很快下诏，令薛田与新的转运使同议，刚刚升任益州转运使的张若谷，也是一名懂经济的能吏。张的经济头脑、货币观念也同薛田合拍。二人经合议后，又提出了分界、本钱、限额、新旧相因等发行交子的管理制度，并形成详案，再次上奏。

为稳妥起见，朝廷再次下诏，令薛、张一同邀请梓州路刑狱使王继明"同议其利弊"，三人同议后，联名上奏朝廷，重申"请置益州交子务，禁民私造"的主张。

宋代一路有三种长官，转运使（简称漕司），负责征收和转输各地的财赋；刑狱使（简称宪司），总揽一路司法和监察，即"大宋提刑官"；安抚使（简称帅司），专注军事，相当于现在的省市军分区司令员。刑狱使是宋真宗时设置的，主要考虑转运使权力太大，有必要形成制约。而益州路的事要一名梓州路刑狱使来参与，应该就是起到制约的作用。

有宋一代，对蜀守的选用尤为慎重。"西蜀，天下之大镇，事权委寄，素号雄重"，"朝廷择守，比他蕃镇绝重，举西南事一以委之"。担任蜀守之人，"须智略沉辩，威惠肃给，厌舆论之所与，慰遐氓之所欲者，始为其人矣"。

或许北宋初年蜀地的麻烦令他们心有余悸，故而事涉蜀地之事，都格外小心。同时也不难看出，对官办交子这一开创性之举，朝堂肯定认为"兹事体大"，有不同意见也很正常。加之皇太后异常重视，尤为如此，所以几上几下方尘埃落定。

天圣元年十一月二十八日（1023年12月21日），开封，宋仁宗与皇太后刘娥共同主持的朝堂之上，朝野上下经过反复论证后的益州交子事宜，再次提请朝议。经一致通过，宋仁宗下诏，批准设立交子发行机构——益州交子务。

终于，薛田的"置务行钞"主张，变为了现实。

这意味着，此时的交子，已经纳入朝廷正式颁发的"官交子"，益州路虽然是一级地方政府，却代表北宋王朝国家货币机关发行交子。好事多磨。益州交子务——世界上第一个金融机构，终于在成都诞生。

始置益州交子务。时天圣元年十一月也。（《宋史·食货志》）

北宋天圣二年二月二十日（1024年4月1日），枢密直学士、益州知州薛田，在成都主持第一届交子发行仪式——官交子一百二十五万六千三百四十贯，正式投放市场。

可以想象，那应该是一个宏大而热烈的开市场面，整个成都市轰动了，被铁钱拖累的人们奔走相告。喜欢游乐的成都人，把这一天当成了节日——4月1日，16世纪成为西方的"愚人节"。而早在11世纪的这一天，却被成都人过成了真正的"娱人节"。

行文至此，我们不得不追问的是，自天圣元年十一月二十八日（1023年12月21日）朝廷批准成立"益州交子务"，到天圣二年二月二十日（1024年4月1日），整整一百天，薛田和他的团队为一百二十五万六千三百四十贯交子的面世，做了些什么？可以想象，那是薛田人生中最为紧张也最为难忘的时光。

那么，让我们来复盘一下，这一百天，他们到底做了什么。

当务之急，是成立大宋官方的交子管理机构——益州交子务。专业的人做专业的事。设立益州交子务监管长官，由知州保荐的一名在京官员担任，其发行和收兑交子，需接受知州的领导和监督，因此交子务实际上接受中央和地方的双重管辖。不仅如此，由于当时四川制置使往往同时兼任知成都府，实际上知成都府的长官仍然是领导钱引务的官员。四川制置使司自然成为制定纸币政策、管理钱引务的领导机构。

最初，益州交子务的人员结构大体由三部分构成：监官、吏人和工匠。监官就是交子务的主管官，专门负责交子务的日常管理，最初设为一人。

其次，是确立官交子的发行管理制度。第一界官交子发行后，北宋朝廷完成了纸币印制和发行制的制定，首创了分界、本钱、限额、新旧相因等发行制度，使交子的发行、管理、收兑有法可依，并为后世纸币的发行制度提供了可借鉴的蓝本。

分界：交子共发行四十三界，每两年为一界，界满持旧换新。

限额：每界发行限额基本维持在一百二十五万六千三百四十贯。

准备金制度：每发行一界官交子，需以三十六万贯铁钱作为准备金，准备金占比约百分之二十八。

手续费：票额总数的百分之三。

流通区域：主要发行于四川地区。

防伪手段：在票面上盖益州观察使和益州交子务两枚铜印，建立交子合同簿历，对每张交子进行编号。

如果上述两项是建章立制形而上的"道"的层面，那么接下来的几个动作，就应该是实际操作中的"术"的践行了。

一是成立"抄纸院"。益州交子务设立时，一个重要职责就是统筹管理钞纸的生产与纸币的印制。这一时期，交子务直接从民间购买印制交子的楮纸。第1章专门作过介绍，成都独有的楮纸，细白光滑、坚韧耐久，是当时公私簿书、契券、图籍、文牒的专用纸张，也是当时印刷纸币的最佳用纸。

二是规定面额。民间自由发行时期的私交子，面额不固定，收归官办后，政府规定"逐道交子，上书出钱数，自一贯至十贯文"（《宋朝事实》）。纸币面额按照轻重相权的模式设置了一定的等级。景祐四年（1037）以前，所发行的八界交子，其面额从一贯到十贯不等。根据《楮币谱》相关记载，到宝元二年（1039），交子面额有所调整，20%为五贯、80%为十贯。熙宁二年（1069），交子面额又调整到40%为五百文、60%为一贯，一直持续到大观元年（1107）将交子务改为钱引务，发行钱引。

三是设计印刷。私交子票样主要有四个鲜明的特点：一是交子使用同样的纸张印造而成；二是交子印有当时的屋木人物图案；三是题有发行者各自的记号，并盖有其私印；四是手写面额。

诸豪以时聚首，同用一色纸印造，印文用屋木人物，铺户押字，各自隐密题号，朱墨间错，以为私记，书填贯不限多少。（《宋朝事实》）

益州交子务建立后发行的交子，票面样式图案在承袭私交子的基础上有所改变，交子票面上的私人印记被"益州交子务印""益州观察使印"等官方铜印所代替。为防止伪造，官交子票面上还题有"字号"，或盖有发行交子的"合同（印章）"。

四是储备"本钱"。所谓本钱，相当于现代意义上的存款准备金，交子以一百二十五万贯为发行额，三十六万贯为本钱（准备金），本钱占当界发行额的28%。在民间自由发行时期，本钱原是作为现金储备为百姓兑换铁钱时使用的。自益州交子务设立后，本钱这一制度得以延续。依照兑界制度，百姓回纳交子必须是在界满之时；而界满兑换交子之际，又是以旧钞换新钞。这样，流通中的交子并不需要全部兑现，也就无须置备和发行量一样多的本钱了。

为何是一百天？仅仅是巧合吗？

或许，在朝堂之上，薛田就已经立下了"百日军令状"。回到成都，他只得以倒计时的方式工作。要知道，虽然官交子是在私交子基础上，择其优而行之。但因为发行体制和渠道、发行方式都发生了巨大变化，短短一百天的工作量之繁复，可想而知。如抄纸院选纸找纸造纸，找设计人员票面设计、印刷，筹措三十六万贯储备"本钱"，等等。

万事开头难。交子务往前行进的每一步，都无迹可循，都是开创性的。

可以说，成立之初的每一件小事，都堪称大事。

词条　益州交子务

北宋仁宗天圣元年（1023）十一月，在时任益州知州薛田、转运使张若谷等人的倡议下，朝廷在成都设立了益州交子务，并安排二人主持交子的印制、发行、兑换和防伪等工作，世界上最早的纸币管理机构由此诞生。益州交子务的监管长官需接受知州的领导和监督，因此交子务实际上接受中央和地方的双重管辖。最初，益州交子务的监官设一人，后为加强防范、相互监督，元丰元年（1078）又增至两人。关于交子务初期设置官吏和工匠的具体信息，记载较少，但根据《楮币谱》中的记载，到北宋后期交子务改为钱引务时，交子务人数已多达182人。这甚至超过了当时宋朝州级政府机构的编制人数。

"惟不入京"的矛盾心理

薛田心里清楚,他在走一条前人从未走过的钢丝绳,他没有试错的本钱和机会,他面前的路只有一条,那就是成功。于他而言,不成功便成仁。

接下来,薛田和他的团队要做的,就是不断解决交子诞生过程中可能出现的各种问题,使交子能在市场上健康运行。

由于官交子的印刷、发行数量增多,为加强防范、相互监督,元丰元年(1078)交子务便将监官增为二人。"大观元年五月,改交子务为钱引务……监官一员,元丰元年增一员。"(《楮币谱》)随着交子的影响越来越大,量越来越多,机构越来越庞杂,监官一职也相应提档升级,由相当于知县级别的官员担任,到后来由知州调任交子务监官,比如徽宗大观(1107—1110)年间,就抽调知威州张持为成都府路转运判官,提举川引。交子务成立初期,关于吏人和工匠的人数,史载不详,估计人数不会太多。

到元丰元年(1078),《楮币谱》明确记载:

掌典十人,贴书六十九人,印匠八十一人,雕匠六人,铸匠二人,杂役一十二人,廪给各有差。

加上监官二人，总计交子务的人员编制达到空前的182人。其机构之庞大，不但超过了当时宋代县级政府机构的编制，也超过了州级政府的编制。就是在今天，也是一个规模不小的机构。徽宗崇宁、大观年间，交子的发行量比神宗时期增加一二十倍，估计交子务的吏人和工匠比元丰时期还要多。

随着业务的不断扩大，慢慢地，益州交子务从原来的一个行政管理机构，变成了集管理、生产、发行于一身的国有企业。

交子以两年为兑界，每两年将纸币回收并发放新钱，规定每界发行量均与第一界官交子的发行量保持一致。其目的有二：一是杜绝因伪造纸币而出现的纠纷。交子由纸制成，容易毁损，又容易仿制，十六户富商联保发行时期交子铺就因此"词讼不少"。薛田等人看到私交子发行的弊端，从中汲取经验，通过设置兑换期界，强制将纸币以旧换新，以此来杜绝诈伪纠纷事件。二是增加财政收入。交子纸币每两年一界，可从民间收取大量的"纸墨费"。在十六户富商联保发行私交子时期，就已有兑换一贯铁钱要收取三十文作为手续费的规定。"如将交子要取见钱，每贯割落三十文为利。"(《宋朝事实》)薛田请置益州交子务时，也明确规定按票额收取3%的"纸墨费"。"每小铁钱一贯文，依例克下三十文入官。"(《宋朝事实》)而这项纸墨费，若按每界一百二十五万贯的发行量计算，每界共计可获得三万七千贯左右，外加流通中受水火等自然灾害毁损而无凭据可兑换的纸币，即所谓的"水火不到钱"，北宋朝廷实际可获取的利润更加丰厚。

此外，在交子信誉好的时候，政府往往都会想方设法"薅羊毛"，每界兑换交子时，甚至会按高于3%的比例来收取费用，比如南宋的"贯头钱"就是每千文剥取六十四文。这些额外收费对于政府来说是一笔巨大的收入。"绍兴五年始创抄纸场于寺旁……凡引一界满，纳旧易新，率千文取钱六十四贯，曰贯头钱。"（《陶庐杂录》卷2）也正因为此，庆历七年（1047），即交子务创立二十四年之后，时任参知政事的文彦博就曾毫不隐晦地表达："益州交子务所用交子，岁获公利甚厚。"

现在看来，这样的想法是很可怕的。

交子的流通发行区域，最初主要是专行铁钱的四川地区。也就是说，主要解决蜀地"铁钱行路难"的问题。因为发行交子的良好效益，朝廷在尝到甜头后也就扩大了试点范围：

熙宁二年（1069），朝廷曾在潞州（今山西长治）设潞州交子务，发行交子，可能因"水土不服"没能成功，第二年便废止。

熙宁四年（1071），朝廷又在陕西发行交子，同样不成功，坚持到第九年后被废止。

徽宗崇宁元年（1102），朝廷再次在陕西发行交子。

崇宁三年（1104）又于京西北路（今河南洛阳）发行交子。

崇宁四年（1105），又允许淮南路地区行用交子，并逐渐推行到全国。

（崇宁）四年四月，诏淮南许通用交子。六月，又诏交子并依旧法路分，兼通行诸路，惟不入京。（《皇朝编年纲目备要》卷26《徽宗皇帝》）

或许因为其他未能使用铁钱的地区没有四川人使用铁钱切肤之痛的体验，或许因为宣传和顶层设计上的不完善终究难以突破百姓心里的信用块垒，这些地区发行的交子大多无疾而终。

"惟不入京"四字揭示了朝廷矛盾的心态。此刻，经历过王安石新法的宋徽宗，已经疲惫不堪，特别是将309名政治精英列为元祐奸党后，心里已难言自信。交子"惟不入京"正是他内心深处的形象刻画——多一事不如少一事，此时千万别出事。

由于纸张来源渠道过多，质量也参差不齐，纸币防伪的首要条件，是必须确保纸张的纯正与独有——独此一家，别无分店。如有仿冒，易查来源。为此，神宗熙宁年间（1068—1077），时任益州交子务监官的戴蒙，在成都南郊创设了由官府直接管理的抄纸院，不再从其他渠道购进楮纸，而是自己专门生产印制交子纸币所用的楮纸。因此唤名为抄纸场。对此，《蜀中广记》有明确的记载："（戴）蒙又请置抄纸院，以革伪造之弊。引有两界，与官自抄纸，皆自蒙始。"

也就是从这时起，交子务投放市场的所有交子纸币，都一概由抄纸场供应印刷交子的专用纸张。这些专用纸张也会不断强化防伪功能，比如工艺上，比如设置一些人为的暗号，每一界交子的纸张都有专门的原料档案等，从而切断了仿冒交子纸张的源头。

光宗时，抄纸院有抄匠六十一人，杂役三十人（《楮币谱》）。这已是一个规模不小的造纸作坊。抄匠多，杂役少，可以看出抄纸院以抄纸为主。造纸时所用纸料，应是来自民间纸坊，由官府抄纸院完成最后一道抄纸工序。这是因为古代造纸工艺中，抄纸是关键性的工序，直接影响到纸张的大小、厚薄、疏密等情况。

由官府完成生产纸张的最后一道关键性的抄纸工序，就可以防止用其他纸来伪造交子。

人是靠不住的，人性会随时与诱惑媾和。为了防止监守自盗，不出现瓜田李下的事，必须不断完善相关管理制度，将最可能发生问题的抄纸场从交子务剥离出去。"所用之纸，初自置场，以交子务官兼领，后虑其有弊，以他官董其事。"

时间是检验产品最好的试纸。当行至南宋孝宗隆兴元年（1163），朝廷又在原有的制度基础上打补丁，特置一官员管理抄纸院事宜，并以成都城西净众寺作抄纸院官署。光宗绍熙五年（1194），为方便管理工作，又将抄纸院迁至净众寺旁。"始特置官一员莅之，移寓城西净众寺。绍熙五年，始创抄纸场于寺之旁，遣官治其中。"（《楮币谱》）关于净众寺这个重要的楮纸生产基地的情况，本书第1章已作过详细介绍，不再赘述。

自此，纸币的印制和纸币纸张的生产，异地而置，设官分治，完全成为两个独立的系统。交子务有印制交子之权，而无生产印制交子纸张之力；抄纸院有生产印制交子纸张之权，又无印制交子之力。有如一体两翼，又如一台机器上两个不可或缺的部件，相互牵制，相生相伴。

为了再加一道防护网，朝廷也加大了一些不法之徒的违法成本。北宋天禧年间，朝廷明确了奖惩措施，称若发现伪造纸币者，可向政府举报，举报者可获得五百贯钱的奖励；而伪造者，将被发配至外地（使用铜钱的地方）做劳役。"若民间伪造，许人陈告，支小钱五百贯，犯人决讫，配铜钱界。"（《宋朝事实》）这样重奖轻惩的法令威慑力不强。熙宁（1068—1077）初年，政府又加码，"立伪造（交子）罪赏如官印文书法"，但交子的魔力太大，每年还是有不少造假者以身试法。崇宁三年（1104），朝廷颁布《伪造（交子）法》，规定凡蓄意使用伪钞，以及邻居知情不告发私造交子用纸者，均处以"徒配之刑"。"通情转用（伪钞）并邻人不告者，皆罪之；私造交子纸者，罪以徒配。"（《宋史》）

由是方震住造假的脚步。到崇宁五年（1106）发行小钞时，政府对伪造者的处罚更为严厉，规定伪造纸币的人将被流放到三千里以外的偏远地区，情节严重者加重处罚（视伪造的纸币在市面上流通的多少而定），直至处斩。

益州交子务最初设立时，统筹管理钞纸的生产与纸币的印制。这一时期，交子务直接从民间购买印制交子的楮纸。由于纸张来源不一，既不利于保证印刷质量，又不利于纸币防伪。为了保证楮纸质量，供应优质的纸币用纸，同时为了防止民间伪造，神宗熙宁年间（1068—1077），时任益州交子务监官的戴蒙在成都南郊创设了由官府直接管理的抄纸院，专门生产印制交子纸币所用的纸。隆兴元年（1163），为严防官员徇私舞弊，抄纸院迁至益州城西的净众寺。至此，纸币原材料的生产与印制完全分开并相互独立。益州交子务有印制交子之权，而无生产抄纸之力；抄纸院有生产抄纸之力，却无印制交子之权。二者相互牵制，以防舞弊。

词条　抄纸院

大宋的一张试纸

元祐元年（1086），交子开始出现贬值迹象，其贬值的幅度在 10% 以内，市场并没有痛感。蜀人苏辙却敏锐地观察到了其中的隐患：

蜀中旧使交子，惟茶山交易最为浩瀚。今官自买茶，交子因此价贱。旧日蜀人利交子之轻便，一贯有卖一贯一百者，近岁止卖九百以上。

其实，只要细心体察，也不难发现一些变化，榷（专卖）禁川茶以前，交子币值比铁钱高。榷禁蜀茶以后，茶商需要交子的数量在减少。

那时虽然没有大数据来辅助判断，但站在市场最前沿的茶商，却是最为敏感的。

薛田一直很有信心，他在天圣三年（1025）第二次发行官交子时，又创造性地制定了分界限额、准备本钱、新旧相因的官交子发行管理制度。文献对此有以下记载：

自（天圣）二年二月为始，至三年二月终，凡为交子一百

二十五万六千三百四十贯,其后每界视此数为准。(《楮币谱》)

天圣元年冬,始置官交子务,每四年二界,印给一百二十五万。(《建炎以来朝野杂记》甲集卷16,《四川钱引》条)

天圣以来,界以百二十五万六千三百四十缗为额……大凡旧岁造一界,备本钱三十六万缗,新旧相因。(《文献通考·钱币考》)

"新旧相因"是指交子界满兑换时,可用旧交子换取新交子,这就减少了兑换铁钱的支付量,弥补了发行总量超过发行本钱的缺陷,维护了官府的法偿信誉。

分界、限额、准备本钱、新旧相因的官交子发行管理制度,可谓是保证交子币值稳定的一整套完整的相辅相成的措施。宋代的交子是一种早期的兑换纸币,保证交子兑换铁钱,是交子成为纸币的前提。宋人称交子等纸币为"虚券""虚钱",称铜钱、铁钱等铸币为"实钱"。纸币等虚钱与铸币实钱不同,它本身没有价值,只是铸币的符号,代表铸币充当流通手段和支付手段,因此具备特定的使用价值。

要保证交子的使用价值,就必须保证交子所代表的铸币面额能兑换同值的铸币,否则交子就无法代表铸币充当流通手段和实现支付的职能,成为一张废纸。贾大泉先生在《四川通史(五代两宋)》中的分析不无道理:

确定二年一界为交子的流通期和兑换期,既使人们在心理上树立了交子能兑现的时间期限,又杜绝了发行交子的机构利用种种借口拒绝和拖延兑现的弊端;强制界满兑现或以新换旧,又防止了交子长期流通，磨损折叠，造成票面模糊不清，滋生诈伪。参照市场的实际需要，依据一年中人户用钱请领数，确定每界的发行限额，则不致造成发行失控，防止交子的投放量超过市场的需要量，避免因滥发交子引起通货膨胀，交子贬值。

维护交子在市场上的权威与信用，让人们有充足的理由相信，交子就是铁钱的化身，就是铁钱的符号，手里拥有一万贯交子，就等于有了十万贯铁钱。何况铁钱笨重难于携带，何不使用交子呢？一句话，信誉就是黄金。人们乐于使用、放心使用交子，比什么都重要。不然，交子就只能是一张不值一文的废纸。

政府所要做的，就是想方设法确保交子的安全、稳定与权威。最重要的，就是每界必须拿出储备钱36万缗。经过测算，这已经占了发行总额125万贯的28%，足以保证交子币值的稳定，也足以保证官府的法偿能力。

薛田的这些政策思路和举措，力保交子平稳健康运行。事实也的确如此，从天圣二年（1024）到大观三年（1109）的85年间，交子共成功发行43界。

需要特别指出的是，由于政府对交子严格管理，官交子运行的前70余年信用良好，得到了社会的普遍认可，其重要前提就是，每界都准备了充足的"本金"（即我们今天所说的储备金）。交子发行40年之际，宋神宗赵顼发出感言："行交子，诚不得已，若素有法则，财用既足，则自不须此。"宋仁宗更是直接让交子为紧张的前线服务，庆历七年（1047）二月，仁宗御批："诏取益州交子三十万于秦州，募人入中粮。"秦州就是今天的甘肃天水，当时是抗击西夏的前沿。诏书命令，要益州调集30

万贯交子纸币，到秦州雇人收购军粮。

进可支军，退可慰民。不难看出此时交子的坚挺，这算是官交子的黄金岁月。交子发行后的半个多世纪里，常年溢价 10% 左右。纸币价值大大高于铸币，这也是金融史上的奇迹。

到了宋神宗时期，交子出现明显贬值。时任彭州知府吕陶在《净德集》中的一篇《奏为官场买茶亏损园户致有词诉喧闹事状》载，熙宁十年（1077），彭州一带"在州现今实直，第二十七界交子卖九百六十，茶场司指挥作一贯文支用；第二十六界交子卖九百六十，茶场司指挥作九百八十文用"。所幸的是，贬值的幅度大体在 10% 以下，属于可控的正常范围。

宋徽宗接盘的北宋已经每况愈下，财政状况的恶化和战事的增加使得政府开始"透支"官交子的信用红利。"滥发"便成为必然——有时一界发行的数量甚至是天圣年间的 20 倍，而且本金准备不足，造成了交子严重贬值。

潘多拉魔盒一旦打开，便一发不可收拾。至第 43 界时，一缗（1000 文钱）面额的交子，仅抵钱十几文使用，最低时甚至贬值到不够 3% 的手续费。到了更界年时，国家没有足够的现钱兑换，规定用新交子换旧交子，新交子一兑换旧交子四，信用完全丧失。百姓用脚投票，官交子没有了市场，不得不停发。

薛田所制定的这些政策措施，本可以有效杜绝私交子时的种种弊端，却在一步步侥幸之中，眼睁睁地滑向深渊——大宋这辆战车惯性太大，没有谁能有回天之力。

皇祐三年（1051），官交子发行第 27 年，朝廷三司使田况发出如是悲观的声音：

自天圣元年，薛田擘划，兴置益州交子务至今，累有臣僚讲求利害，乞行废罢，然以行用既久，卒难改革。(《宋朝事实》)

"卒难改革"，究其主要原因，还是官府不愿放弃发行纸币的利益。试想，政府只需常备 36 万贯本钱，就可以发行 125 万贯交子，凭空增加 90 万贯收入，比宋初蜀中岁铸铁钱数额还多很多。这样的生意谁不想做？有了这些甜头，还有谁会想"革"自己的"命"？

诱惑还不止于此。交子在界满换界时，还要收取 3% 的纸墨手续费，加上流通过程中交子受水火灾害和因种种原因丧失兑换资格，交子务可不予偿付，这样可观的收益，是所有政府都乐见其成的。难怪此时知益州的文彦博也不无感叹："岁获公利甚厚。"

这，不仅是一道难以回复的问题，更是制度、人性，乃至时代的局限性所致。

没办法，即使有再科学的体制与制度，意识没有抵达最前沿，顶层设计到不了那一步，也只有认命。何况，这批大宋的成都官员们，已经站在世界的最前沿，在做人类最伟大的尝试了。

只是，当接力棒传递到后来者手中的时候，他们是否有能力去接住？

随着宋朝政府产生投机心理，把发行交子逐渐作为一项重要的财政收入后，朝廷已经开始不按规矩出牌了。交子发行数量增多，四川交子大面积进入陕西区域，贬值加剧就成为必然。这一切弊端和问题，已非成都府官员所能解决的了。

有专家研究认为，交子的发展一般经历了三个阶段：

第一阶段是民间自由发行阶段。北宋初年，由于蜀地施行独行铁钱的制度，不便贸易，于是，成都出现了为商人经营现金保管业务的交子铺户。存款人把现金交付于铺户，铺户把存款数额填写在用楮纸制作的纸卷上交还存款人，并收取一定保管费。这种临时填写存款金额的楮券即"交子"。严格说来，这时的"交子"还只是一种信用凭证，而非纸币。

第二阶段是十六富商联保发行阶段。随着北宋商业经济的发展，交子的使用越来越广泛，政府对交子发行进行管理，专由十六富户经营。铺户恪守信用，做到了随到随取，交子逐渐赢得了很高的信誉。同时，商人之间的大额交易，也越来越多地直接用交子进行支付，交子逐渐具备了信用货币的特性。

第三阶段是政府收归统一发行阶段，在蜀地官员建议下，政府正式在成都设立益州交子务，负责交子的发行管理。自此，交子正式成为世界第一张官方纸币。

其实，这三个阶段也正是宋代政治、经济与社会综合指数的反映。从破茧到成蝶，这三个阶段的演进，可谓交子的宿命。

由政治问题引发国家安全问题，从而诱发军事问题和社会问题……当一系列问题击鼓传花般往后延展的时候，最后落到脆弱的交子身上，当脆弱的交子不堪重负的时候，崩盘就在所难免了。

这有如一个人的身体，当一个器官出现病变不及时诊治，其他器官就会受到牵连，当越来越多的器官都有问题了，这个人就是再强壮，也站不起来了。

即使交子本身可能没有任何问题。

词条 成都造币小史 01

成都造币厂可追溯到清光绪二十二年（1896），其时称银元、铜元局，附设于四川机器局内。光绪三十二年（1906），改为四川户部造币分厂，厂内仍分设银元、铜元两股，收支截然分开，户部改为度支部后，更名为度支部造币蜀厂。宣统二年（1910）经度支部奏准，始改称成都造币分厂，由部派员接收，厂内银元、铜元两股合而为一。辛亥革命后，所存款项被拨作川省军需之用，民国元年（1912）十二月由财政部接收。开办初期，成都造币厂试铸当五、当十、当二十3种铜币。银币造有光绪元宝、宣统元宝，亦有署"大清银币"四字者。嗣后始铸大元、半元、二角、一角、五仙各种银币。民初（1912）改模后，银币则只铸大元、五角两种，其他辅币逐渐停铸；铜币仍铸当十、当二十两种。民国七年至八年（1918—1919）改铸大当五十、当一百、当二百等三种铜币，其余五角银辅币暨当十、当二十铜辅币，即行停铸。民国十一年至十二年（1922—1923），银币则停铸大元，专铸五角辅币。民十六年（1927）铜币改铸小当三百、当一百、当五十3种（当一百、当五十两种所铸不多，即行停铸），民国十八年（1929）停铸五角银辅币，复铸大洋，铜币则专铸小当二百。

成都造币厂设备能力，若原料充足，每日可出大洋三万元，铜币亦可出当三百币十万八千钏。川省向无银矿，专赖收买旧有银锭暨陕甘商人贩运生银以供铸造。清末民初，日收一二万两，最多二三万两，后因旧银日少，加之路途不靖，商贩裹足，日收不过四千两，少则一二千两，甚至数百两。铜料，省内虽有彭县、荥经、会理三处产铜，但规模不大，所产之铜，难供铸造，因而靠购买外国铜及滇铜。后因外国铜订购不易，滇铜运输困难，乃靠回收制钱甚至原铸大当五十等旧币复熔改铸，因而时铸时停，很不正常。此外，为抵制印度卢比行使西藏，甚至流通至打箭炉（康定），自光绪二十八年（1900）起至民国五年（1916）止，先后造有重量为九七平八钱、十六分、三十二分等几种藏币，上有光绪半身像并铸有"四川省造"字样，流通川边和西藏。

一座城市华丽的倩影

薛田对蜀地是有极深的感情的。首次入蜀时，官拜中江县（今四川中江）知县，不久便升迁三司副使。宋真宗大中祥符八年（1015）又再次奉命入蜀，任益州路转运使，掌管税收、财赋、商务等，后升任知州，成为北宋二十五路中的一路封疆大吏，应该说人生已经站上了一个新的高度。

薛田一生引以为傲的，是作为一名经济学家，为交子的成功转型、顺利发行作出过贡献。

知益州期间，薛田对治下的成就感到自豪，继而诗兴大发，酣畅淋漓地挥洒出百行长诗《成都书事百韵》。这首长诗十分有个性，从骨子里发乎对成都的热爱与崇敬，字里行间不像是一个传统的官员所为。比如，人文气息浓郁的成都，"文翁室暗封苔藓，葛亮祠荒享豆笾"；比如，极具烟火气的城市，"云敷牧野耕桑雨，柳拂旗亭市井烟"；比如，盆景一般的川西平原特有的景致，"院锁玉溪留好景，坊题金马促繁弦"。成都城里可以远眺巍峨的雪山，滚滚岷江水灌溉着广袤的成都平原，汇成薛田笔下的诗句，"五门冷映岷峨雪，千里爰疏灌畎泉"。薛田眼里的锦城花团锦簇，"似簇绮罗偏焕耀，如流车马倍喧阗"；锦城夜景同样精彩绝伦，"柳堤夜月珠帘卷，花市春风绣幕褰"。成都市郊的风土人情，在薛田笔下同样旖旎无比："华严像阁凉堪爱，净众松溪僻可怜。学射崔嵬横罨霭，放生宽广媚漪涟。"薛田诗里，还有各式各样的成都美女，比如刺绣的美女，"靓女各攻翻样绣"；比如雕花盘的美少女，"雕盘姹女呈酥作"；比如赵飞燕般的大家闺秀，"美丽姝姬酷类燕"。薛田引以为自豪的交子，也不禁写入其中，"货出军储推赈济，转行交子颂轻便"。

洁静蓝天，悠悠白云，沃野千里；街巷纵横，亭台楼阁，春风扬柳，人流熙攘。一条潺潺细流——解玉溪穿城而过，清澈见底，岸柳成行；金马坊内，丝管齐鸣，美乐盈耳——好一幅有声有色的动人图画。

这是一个纯粹的诗人发自内心的巨作。

上自历史、地理，下至人物、风俗，从物产、景观，到人文、美食，《成都书事百韵》几乎无所不包，差不多写遍了当时的成都，堪称一部文字版的北宋成都"清明上河图"。

薛田这首七言古诗长达一千四百字，比白居易的《长恨歌》足足多了五百多字。虽然其诗本身不敢说与醉吟先生齐观，但我更敬佩其中所倾注的情，每一个字都无不透露出对成都深刻而真挚的情感。我更佩服薛田的勇气，他完全放却了作为一个大宋高官的矜持、内敛与官仪，不顾任何影响（其他同僚会以为他以此宣扬政绩），也不管任何说辞（也可能引起弹劾，宋代官员动辄喜欢上书弹劾），几乎不管不顾、敢爱敢恨、肆无忌惮地表达对成都无私的爱。

我以为，这就是大宋成都官员特有的风骨。

他们当官很纯粹：一心为百姓着想，站在百姓的立场上，当然纯粹。他们为官也很坦然：如果没有自私之心和舞弊徇私之举,定当坦然。他们有文人风骨,因为他们从小被儒家精神熏陶,浑身上下透着士大夫气质,所以喜欢用诗文表达这种风骨。

我们如果将视线拉得更长一些,就会发现,中国历代王朝都是通过暴力战争建立的,所有开国皇帝也基本上都是军人或军事首领。五代时的安重荣曾说:"天子宁有种邪?兵强马壮者为之尔!"从秦汉隋唐到宋元明清,在中国两千多年的王朝历史中,不得不承认宋朝恰好处于一个中间点,与其他王朝相比,宋朝因"陈桥兵变"而建立,之后"杯酒释兵权",是杀戮最少的。

赵匡胤是一个典型的职业军人,但他却将文化地位推到了历史最高点。同时,宋朝是中国历史上疆域最小的一个朝代(南宋更小,是北宋的半壁江山),与其并列的还有金、西夏、大理等王朝。

常言说,大国多内忧,小国多外患。宋朝没有亡于民变,而是亡于异族。相比之下,秦汉隋唐元明清这七个大王朝,无一例外都是亡于民变。

前者死于"他杀",后者死于"自杀"。仅从这一点来说,相对而言宋朝的治理结构是比较合理和健康的,从而保证了社会的长治久安。

主政一任,造福一方;在朝时淡然,在野时坦然;为官时兢兢业业,放逐时无怨无悔。虽然也难免有牢骚,却仍然笑对人生,身上有一种"先天下之忧而忧,后天下之乐而乐"的超然之态。我以为这种风骨在宋代官员身上体现得最为充分,他们让我们仰望,令我们肃然起敬。比如苏轼、王安石、欧阳修,比如从外地到成都为官的张咏、薛田、赵抃、田况、文彦博、宋祁、赵𢧀、薛奎……以及后来南宋时期的范成大、陆游、余玠,还有吴玠所领衔的"吴氏将门"……一个小小的成都,就浓缩了如许仁人志士。

很大程度上讲,我们今天是通过他们笔下描绘的成都,来认识宋代的。他们是那个时代的执政者,更是那个时代的形象代言人。他们都有家国情怀,有"士"的精神与品质,中华文明的延续与光大,正是通过像他们这样的"士"与"仕",一代一代体现出来的。

从不同史籍记载的蛛丝马迹分析,薛田与交子真是有一种缘分。大中祥符年间(1008—1016),薛田被北宋朝廷任命为益州路转运使。接受任命后,他就深知"转运使"的使命和责任,那可是担负着为朝廷聚财和生财的重任。薛田风尘仆仆地来到成都后,遂对蜀地经济及货币流通情况进行深入研究,十六富商联保时期的交子令他眼睛一亮。以经济学家的敏锐慧眼,他看到了信用货币诞生的可能性,如果这一办法能被朝廷所用,肯定会是一场颠覆性的革命。

薛田的主张并非一帆风顺,因十六户时期的私交子是以纳钱请交;商户用钱时,可凭交子到十六铺户兑换,每贯需交三十文利钱。更为重要的是,商户纳钱请用的交子流通后,其钱就停留在了交子铺户的钱库里,只要能保证日常兑付,铺户将储户的钱用于"收买蓄积,广置邸店屋宇园田宝货"等投资,就能赚取更大的利润。

宋真宗赵恒执政下的北宋,蜀地社会已经较为安定,十六户联保发行的交子运转也正常,当时担任益州最高行政长官的凌策是个循规蹈矩之人,"处事精审,敏而有断"。他肯定不具备薛田那种敏感的"金融神经",所以,对薛田力主"置务发行交子"此等国富民强的建议,没有多少热情。"久不报",而被搁置下来,使其以为民便的主张未能实现。

宋真宗天禧四年(1020)三月,益州、梓州路物价暴涨,朝廷派重臣吕夷简、曹仪乘驿站车辆前来慰问赈恤。这场大面积灾害,影响到蜀地社会安定,富商按正常年份准备的铁钱储备出现不足,造成交子挤兑。

这时,益州的知州又从凌策换成了王曙。王曙是以枢密直学士的身份直接到成都上任的,在蜀地也颇有政绩,百姓爱戴,与张咏并称为"前张后王"。正因为政绩突出,王曙后来官至北宋宰相。

却说这时王曙任用到期,朝廷派寇瑊接任。短短十数年间,益州车马灯似的换了四任领导。中国有句俗话,"铁打的营盘流水的兵"。这句话套用在官场上,就是"铁打的衙门流水的官"。可见蜀地用人的任期是比较短暂的,也不难看出蜀地的重要性。前文已述,寇瑊到成都后不久,就查封了交子铺。

诱劝交子户王昌懿等,令收闭交子铺,封印卓,更不书放。直至今年春,方始支还人上钱了当。其余外县有交子户,并皆诉纳,将印卓毁弃讫。乞下益州,今后民间更不得似日前置交子铺。(《宋朝事实》)

蜀地禁交子后,给交易带来极大不便,肯定会引发百姓的反应,这样的"地方舆情",应该说已反映到朝廷。北宋皇帝眼里,偏安一隅的蜀地,稳定压倒一切。

北宋初年蜀地频发的起义被平定后,北宋朝廷不断在反思对蜀政策。为做给天下人看、平复百姓（尤其蜀地百姓）情绪，宋太宗还下了罪己诏，承认自己用人不当，察事不明。宋廷一改过去索取无度的治蜀政策，颁布了一系列惠民政策，撤销益州博买务，取消酒类专卖，减免田赋。

淳化五年（994）九月，宋太宗委任张咏为益州知州。张咏是太宗、真宗两朝名臣，为官刚毅正直，智识深远，清正廉洁，官至礼部尚书。这是张咏第一次入川，他在王继恩统率的宋军平定王小波、李顺起义后，"大修荒政"，废除旧制，安抚民心，让蜀民回归田里，逐渐稳定了动荡局势，蜀地经济得到恢复，深受蜀地和朝廷好评。"其为政，恩威并用，蜀民畏而爱之。"（《宋史·张咏传》）因父亲去世，张咏辞职回家丁忧。

宋真宗眼里，或许对治蜀颇有心得的张咏，是蜀地的克星，继而干脆再任张咏为益州知州。入蜀后，张咏收到宋真宗上谕："得卿在蜀，朕无西顾之忧矣。"（《宋史·张咏传》）

此次入蜀，深感蜀地被铁钱所累的张咏，把目光放在了交子身上，认为这新鲜玩意儿很好，又总觉得还存在着一些风险和弊端。他找到王昌懿等蜀商分析原因，商讨对策。其实，王昌懿等商人眼里，运行了数年的交子的确也有这样或那样的问题，需要官府出面解决。

张咏的解决办法只有两个字：规范。首先要统一交子样式，联合发行运营，最后由十六家富商联保发行，共同承担兑换责任。可以说，张咏对交子铺户的整顿很有成效，为日后朝廷收为"官交子"埋下了极好的伏笔。蜀商们也很高兴，张咏帮他们解决了交子的合法地位，交子在社会上的信誉也大大提升了。

成都有幸能够吸引到如许有能耐有才干有担当的官员，这些官员都不是成都人,他们把成都当家乡,倾注了大量的情与爱,以"功成不必在我"的境界,开启了成都的成功之门,才有了傲人的领先世界的交子。

作为一座享誉世界的历史文化名城,成都肌体上的这些历史斑点,时隐时现地记录着这座城市曾经走过的路。

如果说成都在常人眼里是一个看得见的繁华之都的话,那么,交子时代的那些坚守在成都的官员们,就是这座城市华丽的倩影。虽然他们来去匆匆,是这座历史文化名城的过客,但他们身上所投射出的长长的影子,足以覆盖这座城市的每一个角落。

成都造币厂建厂初期（清末民初）铸造的银铜币的质量成色，基本恪遵当时清廷制订的《国币条例》，其主辅币也注意保持法定比例，流通使用亦属正常。民国七年（1918）靖国之役后，川局动荡，军阀混战，铸币宗旨已由调剂金融、周转市面，逐步变为军阀筹集军饷和盈利肥私。刘成勋当川督时，鉴于五角银辅币法定成色较一元主币为低，有利可图，便扩大五角银辅币铸造。民国十二年（1923），杨森督理四川军务驻成都，令造币厂停铸一元主币和一角、二角辅币，专铸五角（半元）银辅币，并以未经化验的原银当纯银（71%），配上29%的铜料，即行铸造，同时还降低含纯铜量铸造新一百文（也称小一百）铜币，从中获利。民国十四年（1925）杨森败走，邓锡侯、田颂尧、刘文辉三军进入成都划区分驻，造币厂为邓锡侯的二十八军所据有。为缓和部属染指分润的矛盾，邓锡侯自兼厂长，继续铸造五角银辅币，仍用原作纯银，并改变银铜调配比例，大大降低五角辅币纯银含量（市称新厂板，以前所铸半元为老厂板）。邓氏还拨资五千元开设康泰祥银号，代造币厂收购银铜原料，发行（通过支付军政各费）银铜铸币。由于银铜币一再改铸，币质降低，数量大增，

词条 成都造币小史 02

加之军阀竞相私造，劣币充斥，种类繁多，以致在成都市面，大洋与厂杂板比价以及厂杂板兑换铜元数目各不相同，且时有变动，商民不堪其苦。民国十八年（1929）三月，陈离（静珊）继任厂长，停铸厂半元，恢复大元铸造（市称新川板）。民国十九年（1930），因厂板杂板混淆，难以辨认，厂板遭拒用而停铸；铜元因市价下跌无利可图也被迫停铸。筹划鼓铸纯银含量较高的大银元，又因白银原料奇缺，无法继续开工。继因刘（文辉）、邓（锡侯）开战，邓部离开成都，省城为刘湘所接管，随着地方钞券的发行，造币厂全部停铸。

第7章　成都"十二月市"

击鼓三百，开市了！

正月灯市、二月花市、三月蚕市、四月锦市、五月扇市、六月香市、七月七宝市、八月桂市、九月药市、十月酒市、十一月梅市、十二月桃符市。

赵抃在《成都古今集记》里，明确记载了"成都十二月市"。这位北宋名臣，于治平元年（1064）出任益州路转运使。

成都自古因商而立、因商而兴。唐宋时期，成都商品交易市场繁荣兴盛，形成了官方主导，按月令举办的专业性市集"十二月市"。

我以为，唐宋以来所谓的"十二月市"，也并非一月一个固定的主题去推广，比如宋代成都，药市一年就要举行三次。宋代，玉局观是子城南门一个重要地标，除了三月初五举办蚕市，还会在上元节举办灯会闹元宵，二月八日和三月九日、九月九日，还分别有"药市"，又以九月九日重阳的药市最为隆重，可谓宋时巴蜀药材和全国各地药材的一次整体亮相。

重阳药市时，各种药材和保健品堆积如山，十分丰富：

> 于谯门外至玉局化五门，设肆以货百药，犀麝之类皆堆积。府尹、监司皆武行以阅。又于五门以下设大尊，容数十斛，置杯杓，凡名道人者皆恣饮，如是者五日云。（庄绰《鸡肋编》）

市上的药材，不仅来自四川盆地，还来自川西高原的"黎、雅诸蕃及西和宕昌"等少数民族地区。

宋代成都还把唐末五代兴起的游乐之风，继承发展成为游乐兼商业贸易的定期集会。《岁华纪丽谱》这样记述其盛：

> 成都游赏之盛，甲于西蜀。盖地大物繁，而俗好娱乐。凡太守岁时宴集，骑从杂沓，车服鲜华，倡优鼓吹，出入拥导；四方奇技，幻怪百变，序进于前，以从民乐。岁率有期，谓之故事。及期，则士女栉比，轻裘袨服，扶老携幼，阗道嬉游。或以坐具列于广庭，以待观者，谓之遨床，而谓太守为遨头。

遨头即宴集活动的组织者，活动空间是官员们宴集的地点，还摆好坐凳（遨床），活动内容是观看地方奇幻技艺、百变杂戏表演，以及官员们及其家人的华丽衣装、鲜洁车马，官员们出入由倡优鼓乐、吹拉弹唱引导的派头等等。

这里所说的"岁率有期"的期数，据统计一年多达 25 次以上，有的宴游聚会还常常延续数日方休。类似这般忘乎所以的宴游与聚会，无疑是一道十分壮美的景观，"士女栉比，轻裘袨服，扶老携幼，阗道嬉游"，其间当然会引发诸多故事。

这种游乐兼商业贸易的"定期集会",跟我们今天的商贸交易会类似,重点在于交易与消费。有成千上万官吏与市民定期参与游乐,一定是一个十分庞大的消费场所。吃喝玩乐,游购住宿,带动整个城市的消费,活力当然就提升起来了。难怪赵抃会有如此的文字记录:

曩时宴会,皆牙校掌之。盖榷酤之利有余,人乐于为役,公帑岁入,亡虑千万贯有奇。

这些内容被固定下来,成为"故事",吸引士庶百姓盛装打扮、扶老携幼前去观看这平常难得一见的稀奇,享受节日休闲的快乐时光。这种由官员们宴集而进行的节日活动,从新年伊始的正月元日一直持续到年末的冬至节。

一岁之中,游宴收的榷酤之利就有成千上万贯之多,足见定期游乐之地商业贸易之繁荣,交易数额之庞大。

成都节日密度之大,远远超出我们的想象。全年所有节日中,除了除夕没官员宴集外,其余节日都有宴集活动。庆历三年(1043)七月,有臣僚上言:"益州每年旧例,知州以下五次出游江,并山寺排当,从民邀乐。"成都官员宴饮密度之高,同样超出人们的想象。一年21个宴集日,一天有早、晚两次宴饮的达7次,占全部宴集活动的1/3。那些宴集活动大多在寺院里进行,其中在大慈寺举行的最多。魏华仙分析,这大概是因为唐宋时期成都佛事鼎盛、寺庙林立,而大慈寺为唐玄宗时所建,唐僖宗、后蜀孟知祥、孟昶等都曾光临此寺,其规模之大,在同时代的海内名寺中,堪称首屈一指,因此成为宋代成都岁时游乐和官府廷宴首选之地。官员们的宴集活动多以当时成都的风俗习惯为基础，并借此扩大影响。如元日在安福寺塔前张宴，"成都一岁故事始于此，士女大集拜（安福寺）塔下，燃香挂旛以禳兵火之灾"。又如三月二十一日宴于海云寺，吴中复《游海云寺唱和诗》王霁序云：

成都风俗，岁以三月二十一日游城东海云寺，摸石于池中，以为求子之祥。太守出郊，建高旗，鸣笳鼓，作驰骑之戏，大宴宾从，以主民乐。观者夹道百重，飞盖蔽山野，欢讴嬉笑之声，虽田野间如市井，其盛如此。

再如四月十九日游浣花溪，"成都之俗，以游乐相尚，而浣花为特甚。每当孟夏十有九日，都人士女，丽服靓妆，南出锦官门，稍折而东行十里，入梵安寺，罗拜冀国夫人祠下，退游杜子美故宅，遂泛舟浣花溪之百花潭，因以名其游与其日"。

英国经济学家约翰·希克斯在《经济史理论》中指出：

任何一种社会集会（如宗教节日）都能为贸易提供机会；贸易开始是偶然性的，但逐渐变成经常性的。带来的商品最初可能仅供节日期间个人消费或作为献给上帝的礼物，但如果参加者携带的物品不完全一样，他们会试着用带来的货物互相交换。它开始时纯粹是一种附带的副业，并且如果这种初步的交易带来的利益不大，它就会始终是一种附带的副业。但是如果利益比较可观时，这种新的活动便会成长起来；而且可能发展得很快，而与集会的最初动机大相径庭。宗教性的"收获的喜庆日"变成了乡村的定期集市。

自古以来，官府的作用是无可替代的。地方官府顺应民风，又通过自己宴集时的助兴表演活动来聚集、引导民众，既丰富了士庶的节日游乐活动，收获与民同乐的美誉，又能掌控局面。节日之前的过节准备，节日期间的人潮涌动，聚集的人群，过节的特殊气氛，也带来了集中消费的商机。加之官府通过宴集活动的有意引导，成都的节日交易异常活跃，慢慢地，这些人们喜闻乐见的喜庆日，逐渐就固定成了定期集市。

官员累并快乐着，也换来了成都的兴盛并繁荣，可谓两全其美、相得益彰。

从秦人置成都城始，成都的集市就已经从萌芽中逐渐成长起来。严格而言，成都的集市在唐宋时期就已有了完备的规模，且分为东南西北四个集市，统称为"四市"。这一时期的"四市"已经有了较高的统一的标准，要求必须设专门的官员管理，必须有店肆街坊。

更多的村郊野地自发形成的小集市，被称为"草市"。被称为草市的乡间小集市，基本上散落在成都四郊，正如《通鉴·齐纪》胡三省注曰："台城六门之外，各有草市，置草市尉察之。"宋时，成都比较有代表性的，有北郊"十八里草市"。

北宋人句延庆依编年体写成的《锦里耆旧传》，主要记载前蜀王氏、后蜀孟氏兴废事，集中于朝政史事，其中也较为详细地记载了成都集市的情况："魏王遣李严于三市，慰谕军人百姓。"其中"三市"只是概括的说法，实际上就包括了四个城门的集市。

应该说，这时的集市在百姓眼里，是一件极其重要的大事。据载，每天集市开市，都有一个极其壮观的开市仪式，中午时分，当人们慢悠悠地从睡梦中醒来、从茶碗边走出来，如雷的击鼓声响起。以鼓为号，四面八方的人或商旅或百姓，听到咚咚的击鼓声，就像听到集合的号角声一般，都会加快脚步，等到时辰一到，便洪流般地拥进集市。

这样的仪式画面感极强，只要想到那个画面，许多人都会涌起一阵内心的冲动。

交易便在仪式之后拉开帷幕，你可以在东南西北四个集市中，"淘"到你需要的任何东西。太阳西沉，等到还有一个时辰日落时，再击鼓三百声，人们在听到咚咚的击鼓声后，又陆续走出集市。这样，一天的集市贸易方宣告结束。

这些集市为何有如此吸引力？我们不妨依据史料，先看看其中的东市。有关东市的说法，许多古籍中用"东市"或者"大东市"来称呼，但也有的认为两市实属同一个集市。《神仙感遇传》载，有一个叫牟羽宾的外地人，大老远跑到东市北街买东西，晚上又到附近的瓦肆去耍，城楼上灯笼高挂，房里不时传出丝竹管弦声，让他流连忘返。《茅亭客话》又说，东市上还有一条街，叫国清寺街，那里有"大东市"的"养病院"，也是当时百姓时常去的去处。《野人闲话》则记叙了东市买生药时的情景，买者用击竹示意的方式，在市场上买生药。通过这些古籍零星的记载，我们只能了解一个大概，但其中的繁华与热闹却留存了下来，让我们从历史的故纸堆里感受其壮丽。

史料留存最多的当数南市。南边多桥，南市因桥而生，又有许多码头，因而成为历代文人墨客着笔最多之地。

唐代诗人张籍也在万里桥头,用一首《成都曲》,留下了脍炙人口的诗句:

锦江近西烟水绿,新雨山头荔枝熟。
万里桥边多酒家,游人爱向谁家宿?

随着越来越多的人聚集于码头,集市逐步扩大后,临江的地方就不够了,随即出现了北临锦江、其规模比临江市集大得多的"新南市"。

《道教灵验记》也不吝其华丽的文字,记录韦皋主政时期新南市之盛:

韦皋节度成都,于万里桥隔江创置新南市,发掘坟墓,开拓通街。

水之南岸,人逾万户,楼阁相属,宏丽为一时之盛。

宋时的新南市依然是游乐的好地方,大诗人陆游就是新南市的常客。当时,他居住在笮桥东,"南市"几乎成了他诗中的常客,每每作诗,必然避不开这两个字,诸如"斗鸡南市各分朋"(《怀成都十韵》)、"南市沽浊醪"(《饭罢戏作》)、"南市夜夜上元灯,西邻日日似清明"(《感旧绝句》)等。朝朝寒食,夜夜元宵,可见当时的集市和夜市之热闹。

宋代时的西市介于市桥与笮桥之间。宋以前这里叫"旧市",也称"府市"。早在晋代,常璩的《华阳国志·蜀志》中就有"府市市桥门"的记载。更早的时候,这里还称"州市",

李膺作《益州记》，里面就有"汉旧州市在桥南"的句子。由此不难看出，西市的历史十分久远，只是因为地理的原因，方被人们淡忘。

与杨万里、范成大、尤袤合称"南宋四大家"的陆放翁，似乎对西市情有独钟，不仅在南市留下了不少佳句，还专门以《春晴暄甚游西市施家园》为题，写了一首七言律诗：

税驾名园半日留，游丝飞蝶晚悠悠。
骤暄不为海棠计，长昼只添鹦鹉愁。
老去自惊诗酒减，客中偏觉岁时遒。
东风好为吹归梦，著我松江弄钓舟。

可以想象一下这样一个场面，住在笮桥东的陆游，穿越东城，径直往西，一路繁花过后，诗的灵感顿生，于是落笔成句。

相比之下，四大集市中的北市，稍逊风骚。但其渊源与历史却一点儿也不比其他三市逊色。比如从成都出土的汉代画像砖上，可以看到题有"北市"二字的汉代风情画。画像砖上的"北市"，是一个极其方正而规整的集市，四门对应四个区域，其间道路纵横，自然隔离，茶肆和酒楼配搭齐全，东西向的街道共有12条，极似汉时都市集市，其街道布局与酒肆规模近似洛阳北市。到了唐代中期，这里又开设了新市，称新北市。

对于众多蜀人而言，把"酒市"放在十月是有些委屈的。成都何日不饮酒？一首经典城市民谣《成都》里的"小酒馆"，虽然"在玉林路的尽头"，但只要你来到成都，可谓遍地小酒馆。可以说，一年四季成都的天空都飘荡着酒香和茶香，成都酒馆与成都茶馆一样多如牛毛——之前官方还会有统计，说成都的茶馆又增加了上万家，现在基本上懒得统计了，因为数也数不过来——有些小茶馆小酒馆就开在街头巷尾，甚至居民楼里，怎么舒服怎么来，你知道有多少？

我看成都十二月市中，只有茶没纳入月市之列——这个可以理解，因为成都天天泡在茶馆里，你如果硬要纳入一个"茶市"的话，会贻笑大方的。这样一来，众多的成都酒客不高兴了，既然茶可以例外，为啥酒要纳入，难道只有十月才是喝酒的时节？

此话也不无道理，成都的酒馆已经跟茶馆相提并论了。但如果仔细一看，也不无道理，因为月市是官方按月令主题而定的。这和一年一度的中国糖酒会每年三月在成都举办一样，全国人民都来这里赶会过节，好不热闹。以"月令主题"的形式给酒过节，应该是相当不错的，所以，政府又根据社会发展和形势需要，征求民意并调整出了"新的十二月市"。时代在变化，像宋代时流行的那些扇市啊、香市啊、宝市啊、桂市啊、梅市啊、桃符市啊，肯定会有很大的变化，要么注入新的内涵，要么会随着流行的改变而转变。

信息时代，流行时尚的东西可能三两个月就会过时，何况已经上千年遥远的宋代习俗。

正月灯市

自唐代以来，成都便有元宵观灯的习俗。到北宋开宝二年（969），"命明年上元放灯三夜，自是岁以为常。十四、十五、十六三日皆早宴大慈寺，晚宴五门楼，甲夜观山棚变灯"。由此，宋代成都放灯主要集中在正月十四、十五、十六元宵节期间。由于参与人数众多，自然而然形成了以燃灯、观灯为主题的商贸集会。灯会期间，游人如织，曾任成都知府的田况在《上元灯夕》中描述"春宵宝灯然，锦里烟香浮……人声震雷远，火树华星稠"的热闹情景。两宋纪实著作《鸡肋编》中也曾描绘"成都元夕，每夜用油五千斤"。可见宋代成都正月灯市盛况之一斑。

二月花市

唐代，成都开始出现花市。据记载，旧俗二月十五日为花朝节，人们会在花朝节开花会，农人售卖花木种子，相沿成习，逐渐形成一年一度的盛会。到了宋代，每年阳春二月，春光明媚，二月花市循例照开。赵抃曾写道："成都二月花市，各地花农辟圃卖花，陈列百卉，蔚为香国。"益州知州张咏有诗咏道："春游千万家，美女颜如花。三三两两映花立，飘飘尽似乘烟霞。"薛田有诗云："柳堤夜月珠帘卷，花市春风绣幕襄。"宋代成都花市主要在青羊宫至玉局观一带举行，沿锦江两岸展列。在十二月市中，二月花市、八月桂市与十一月梅市，均与花有关，其中最为盛大的当属二月花市。

三月蚕市

成都蚕市历史悠久，养蚕业自古发达，宋代以前，成都就有在三月举行蚕市集中贸易桑蚕物资的习俗。到了宋代，成都蚕市持续时间更长，从农历正月一直持续到三月，蚕市举办的地点也多达十余处。蚕市的开设，意味着一年的耕作即将开始，顺乎农时，加上官方的重视与提倡，充分体现了我国古代以农为本的思想。两宋时期，成都蚕市还兼具娱乐功效，正所谓"成都好，蚕市趁遨游"。益州知州张咏顺乎民俗，利用二月二的踏青节，将蚕市与游江活动结合，"嬉游乐饮，复倍于往年"，从而增强了蚕市的市井娱乐性。

四月锦市

养蚕丝织业的发达，造就了成都织锦业的规模发展，民间也逐渐形成集中交易蜀锦原料和锦缎成品的"锦市"。每年四月，成都的丝织工场都开始用开春第一批蚕丝织锦，满城都是一片"运筬弄杼"的声音。锦市上，蜀锦样式精美，流霞锦（月华三门锦）、雨丝锦、方方锦、条花锦、铺地锦、浣花锦、散花锦等各式锦缎流光四溢。以蜀锦制成的服饰被称为"益都盛服"，引领时尚潮流。成都东南部锦江边上的九眼桥畔，坐落着供锦官们南来北往居住的客栈，被称为"锦官驿"。锦市期间，此处商贾云集，百工兼备，人来人往，热闹非凡。

词条 成都十二月市 01

五月扇市

宋时成都,到了农历五月,天气渐渐炎热起来。扇子于蜀地百姓而言,无疑是最好的"消暑神器"。《丹铅录》记载:"五月卖扇于街中,谓之扇市。"《华阳县志》增改记为:"蜀民每岁五月,于大慈寺前街中卖扇,名扇市。""夏天天气热,扇子离不得。有钱买一把,无钱就等他热。"这一段至今流传在蜀地的顺口溜,可见扇子在夏天对四川人的重要性。蜀地盛产木材和竹子,原材料供给丰富,这为扇子的生产提供了便捷,川扇得以大量面世,产量不菲。

六月香市

作为道教发源地,五代两宋时的成都,在东南西北各方向建有梵安寺、安福寺、朝真观、青羊宫、净土寺等众多寺庙宫观,每到春夏之际,信众便前往各寺庙宫观进香、游玩,衍生出了买卖香物、饮食杂物、玩赏器具的庙会活动"香市"。《成都古今集记》记载,成都在宋朝时是全国第二大香料市场,故专门设置了六月香市,每逢农历六月开市都会焚香祈福。"炉烟袅孤碧,云缕霏数千。悠然凌空去,缥缈随风还。"宋代诗人陈去非在缭绕的烟雾中写下《焚香》一诗,将当时风流雅士的诗意生活展现在众人面前。

多如牛毛的节日

成都知府,按宋代称谓,应是知成都府。

有宋一代,从宋太祖乾德三年(965)任命"参知政事吕余庆权知成都府",到宋理宗淳祐元年(1241)冯有硕权知成都府为止,276年间共任命了142位成都知府,其中北宋87位、南宋55位。

《岁华纪丽谱》一书开篇辟首即言:"成都游赏之盛,甲于西蜀,盖地大物繁而俗好娱乐。"史料记载,张咏、赵稹、薛奎、文彦博、田况、宋祁、赵抃等七人在任成都知府期间,都有不俗之举。这些官员在成都的任期均不长,多则三五年,少则一二年,但他们都立足于成都的城市特性,各自根据自己的喜好和民众的诉求,相继新增了一些节日和游乐活动,引导并丰富了蜀中风俗。

我们不妨以大宋时"知成都"的这些官员为线索,梳理出他们在成都治蜀和游乐的情形。

在"上元灯夕"放灯三日的基础上,张咏增加了一个"残灯会",时间是正月十七日这一天,由通判主持。

成都府灯山或过于阙前,上为飞桥山亭,太守以次,止三数人历诸亭榭,各数杯乃下。从僚属饮棚前,如京师棘盆处,缉木为垣,其中旋植花卉,旧日捕山禽杂兽满其中,后止图刻土木为之。蜀人性不兢,以次登垣,旋绕观览。(《岁时广记》卷10《州郡灯》)

正月二十三日的蚕市,也是张咏设立的,地点在圣寿寺,旨在方便民众买卖农器。第6章介绍过,张咏曾两次知益州,是北宋初年与赵普、寇准齐名的名臣,尤以治蜀闻名。他将其治蜀经验归纳为四:信及于民、言及于义、动而有礼、静而无私。张咏最为人称道的,是首次入蜀平定王小波、李顺起义时,不失时机地推动和规范了刚刚出现不久的"私交子"。巴蜀地区也将他与文翁、诸葛亮、赵抃并称四大"治蜀名臣"。苏东坡对张咏的治蜀之道也颇为赞许:

以宽得爱,爱止于一时。以严得畏,畏止于力之所及。故宽而见畏,严而见爱,皆圣贤之难事而所及者远矣。(《题张乘崖书后》)

赵稹知益州虽只有短短三年时间,却也成为成都历史上让百姓记得住的好官。天禧三年(1019),赵稹向民众开放了西园,也就是"府署西楼"。西园,或称西楼,本是后蜀权臣住宅,北宋灭蜀后,这里成为成都府路转运司的衙门楼阁,是成都规模最大、景色最美的园林,是官员士大夫集会行乐的胜地。

府署西楼,创建远矣,据藩翰之峻势,宅林园之胜地。登临阔视，可以极山川之秀景，燕闲高会，可以快风月之清意。岁之方春，物状尤异，红葩鲜妍，台榭交辉，绿树茂密，亭宇争荫。吾民来游，醉于楼下，实一方之伟观，四时之绝赏也。（吕陶《净德集》卷13《重修成都西楼记》）

从此，每年寒食节都开园张乐，"太守会宾僚凡浃旬，此最府廷游宴之盛"，到南宋甚至"自二月即开园，逾月而后罢"。对好玩乐的成都人而言，这处神秘的"西园"开放与否，是官员独乐还是让百姓众乐的一个重要标志。南宋文人庄绰记载："成都自上元至四月十八日，游赏几无虚辰。使宅后囿名西园，春时纵人行乐。"开放西园使得成都的节日游乐更加大众化。

这，或许是让成都百姓真正记住赵稹的重要缘由。真宗对蜀地不放心，对赵稹十分看重和倚重。谕曰："蜀远而数乱，其利害朕所欲闻。卿至，悉条上之，祗附常奏。"稹至，数言部中事，至一日章数上。赵稹随时向皇帝报告蜀地情况。

薛奎知开封府时，一切以严治，人谓之"薛出油"。其后移知成都虽只有两年时间，却一改知开封府时"为政严敏，击断无所贷"的形象。岁丰人乐，他便顺其风俗，从容游宴。"随其俗与之嬉游，作《何处春游好》诗十首，自号'薛春游'，欲换前所称也。"薛奎还顺从蜀人正月二、三日上冢的习俗，率幕僚出城在大东门外置会，以聚集郡人，引导和把握士庶的游乐。

文彦博在成都的业绩与历练，很大程度上成就了一位北宋四朝宰相。到任成都后，文彦博继续前任张咏时的游乐活动，"僧司因用张公故事，请作大会，公许之。四路州军人众，悉来观看，填溢坊巷，有践踏至死者，客店求宿，一夜千钱"。文潞公在成都宴集很多，仁宗派何郯去成都调查，结果何郯也常常参加文潞公的宴集而且大醉，"圣从（何郯的字）还朝，潞公之谤乃息"。文潞公还在成都江渎庙修建设厅（设宴之厅堂），伏日在此宴会避暑，设厅后来成为一州名胜。"（江渎）庙前临清池，有岛屿竹木之胜，红蕖夏发，水碧四照，为一州之观。"

不得不感叹，这才是成都这座包容之城的官员的独特气质。

庆历八年（1048）四月至皇祐二年（1050）十一月，田况知益州，在蜀期间，他积极投身到游乐队伍，并以诗记下自己的所见和所感，力图纠正社会上对蜀人好游娱、无节制的印象和看法。云：

四方咸传蜀人好游娱无时，予始亦信然之。逮悉命守益，棨辕踰月，即及春游，每与民共乐，则作一诗以记其事。自岁元徂□至，止得古律、长调、短韵共二十一章。其间上元灯夕、清明、重九、七夕、岁至之类，又皆天下之所共，岂曰无时哉！传之者过矣。蜀之士君子欲予诗闻于四方，使知其俗，故复序以见怀。（《蜀中广记》卷55）

皇祐元年三月二十七日，田况在睿圣夫人庙里为成都求雨，雨应祷而至，便将这一天定为蚕市开市日，开市仪式由原来的小西门雁桥移至大西门睿圣夫人庙前举行。从此庙里祭祀朝拜与官员宴集和民众贸易活动相结合。此活动一直延续到南宋。

宋祁是北宋时成都七位官员中，最喜欢游宴的一位。正月二日官员宴集结束后，宋祁又新增"新词送茶"的活动。《岁华纪丽谱》载，宋祁帅蜀时，曾出东郊游赏：

早宴移忠寺，晚宴大慈寺。清献公记云："宴罢，妓以新词送茶，自宋公祁始。盖临邛周之纯善为歌词，尝作茶词授妓，首度之以奉公，后因之。"

对成都的节日内容，赵抃有增有减。赵抃曾四次入蜀任官，其中三次在成都（一任转运使，二任知府）。他为政简易，"以宽为治"，"惠利为本"，不仅赢得了统治者的称誉，也使"蜀民歌之"。在成都期间，赵抃也从俗游宴，一些节日活动规模甚至比以前大有增加。相较四月十九日浣花溪的"大游江"而言，张咏兴起的二月二日游江，又号"小游江"。赵抃写《成都古今集记》时，小游江的"彩舫至增数倍"。原本，初伏日、中伏日、末伏日皆要宴集，赵抃开始缩减经费，只留下了初伏日的活动。

不难看出，这些增减的节日活动都带有十分强烈的个人色彩，官员喜好什么，就增加什么内容的节日，新来的官员不喜欢这个了，就减去。其实也可以理解，旧时的官员不都叫"父母官"吗？父母当然可以自行做主，不必跟民众商量。但更多时候还是为了迎合民众的口味。

民众的确是一个极好的从政入口，与民同乐，自己也乐，何乐而不为？成都文史作家林赶秋从宋代成都人全年休闲天数出发，找到一些关于"乐"的指数，在进行统计整理后，与史料对照起来进行研究，很有意思。比如，宋时成都官员一年休假天数超过110天；为了点亮成都夜生活，全城每夜用油五千斤；等等。其视角不可谓不独到。

宋代的法定节假日，主要分传统节令和政治性节庆两大类：

元日（春节）、寒食、端午、重阳、腊日等传统大节，以及冬至、立春、立夏等节令，"天庆节""天圣节""先天节""降圣节""天贶节"这几个官方设立的政治性节庆日。这些节日里，宋朝的官员都要放假，其中元日、元宵节、寒食节、天庆节、冬至五个大节各休假七天，合计三十五天；天圣节、夏至、先天节、中元节、下元节、降圣节、腊日七个节日各休三天，合计二十一天；立春、人日、中和节、春分、春社、清明、上巳节、天祺节、立夏、端午节、天贶节、初伏、中伏、立秋、七夕、末伏、秋社、秋分、授衣节、重阳节、立冬二十一个节日各休假一天，合计二十一天；宋代官员每个月还有三天的旬休（每个月的上旬、中旬、下旬，也各休假一日，这叫作"旬休"，相当于今天的周假），一年合计三十六天。这样算来，宋朝人一年就有一百一十三天节假日。

上述这些节假日我们今天大多熟知，有个别的节日看起来有些生僻，大多也与道教的节日有关。成都是道教的发源地，而且宋朝很多皇帝都信道教。

严格而言，上述的这些节日并非成都一地独有，大多还是辐射整个大宋的节日。这些节日和放假时间大体如下：

祠部休假，岁凡七十有六日：元日、寒食、冬至各七日，天庆节、上元节同；天圣节、夏至、先天节、中元节、下元节、降圣节、腊各三日；立春、人日、中和节、春分、社（春社）、清明、上巳、天祺节、立夏、端午、天贶节、初伏、中伏、立秋、七夕、末伏、社（秋社）、秋分、授衣、重阳、立冬，各一日；上中下旬各一日……百司休务焉。（《文昌杂录》卷1）

这些记载于宋人庞元英笔记《文昌杂录》中的节日,是北宋神宗元丰五年(1082)祠部对休假制度的厘定。按我们今天的说法是具有法律效力的。

这些全国性的节日即使不如成都官员假日多,也已经相当不错了,有专家研究表明,宋朝节假日之多堪称历朝之最。

实际上,宋朝官员享用的休假天数,应该还不止这个数。比如按朝廷要求,县以上的官员都得异地为官,还有探亲假(父母如住在三千里外,每三年有长达三十日的探亲假);与唐代一样,遇到老皇帝和皇后的忌日及忌日的前一天,或者天气不好下大雨雪,也不用上朝,可以放假。其他的婚假、丧假、私祭假(父母忌日)等也都一概保留。官员生病了请病假称为"寻医",需要两名同级别的官员作担保,一次最多可以请假一百天。满百日还未康复的,需要再次履行请假手续。如果加上丁忧假,那就更长了,一般长达数月。

这种十分富裕的休假时间,就连宋朝官员本身都觉得有些过分,以至于南宋大臣罗愿在奏议中表达自己对假期太多的担忧:"一月之中,休暇多者殆居其半,少者亦十余日。"

宋人张择端的《清明上河图》,十分形象而生动地向我们展示了北宋清明节民众外出的盛况,这种盛况缘于宋制规定:"唯每岁清明日,放万姓烧香游观一日。"

由是,东京城"四野如市,往往就芳树之下,或园囿之间,罗列杯盘,互相劝酬。都城之歌儿舞女,遍满园亭,抵暮而归……"(《东京梦华录》)

所谓政府主导,百姓响应。人们或会友于茶坊、酒肆,或流连于园林、寺观,或踏青于野外、湖边。出游者也不限于王公贵族、士农工商、男女老少结伴而行。

问渠哪得清如许,为有源头活水来。只有充分真正的开放、自由,整个社会才会有财富的充分流动,这也不难理解宋代为何是历朝最自由也最富裕的时代了。

史载,我国休假制度由来已久,在先秦史料中已有记载,但真正形成一种制度且在全国推广实行,则始于秦汉。秦代时,官员要休假称为"告归"或"谒归"。刘邦在秦朝做亭长的时候,"常告归之田"(《史记·高祖本纪》)。最基层的公务员,常常要请假回家种地。汉时实行"五日休",《汉律》有"吏员五日一休沐"的记载。所谓"休沐",就是沐浴和休息,即官员每五日当中可以放假一日。也有勤奋工作的人,比如有个叫张安世的官员,《汉书》中称他"用善书给事尚书,精力于职,休沐未尝出",可谓是勤勤恳恳、兢兢业业。

总的来说,除了宋代,在休假问题上汉代是比较人性化的。除了法定假日,遇到家里有特殊情况,也可以请假。在汉代,这叫告归或谒归。汉代重视孝道,父母去世,官员必须回家休丧假,最长可达三年。如官员生病,可以请三个月病假,超期一般要被免官;但高级官员得到皇帝的优赐可以延长病假,称为赐告。对于工作表现好的官员,皇帝还会特别赏赐带薪假期,不用管事但也不能回家,称为予告。"夫三最予告,令也。"(《汉书·冯奉世传》)意思是连续三次考核获得第一名,可赏赐予告。

魏晋南北朝时期,开始出现长假制度。据《全晋文·启断众公授假故事》载,五月农忙时节,可以休田假,九月要准备寒衣,可以休授衣假,各十五天。每年还有四次私祭假,每次四天,用于回家祭祀。本人婚假可休九天,亲戚结婚也能休假一至五天,还有扫墓假六十天。此外,《晋令》中还规定一年的事假为六十到九十五天。如此算来,这个时候的假期也比较富裕。

到了唐朝,休息时间开始大幅缩水。改为每十天休一次,固定在每月的初十、二十和最后一天休假,称为"旬休"。《滕王阁序》就有"十旬休假,胜友如云"的记载。每个月三旬,正好休息三次,称为上浣、中浣和下浣。浣也是洗的意思,由汉代的五天休一次,缩减为十天一次。唐高宗永徽三年(652)明确,一年三十六旬,官员可休三十六天。

到了宋代,公休制度得到相当程度的完善,相关规定由礼部下属的祠部专门负责,官员的日常休假仍然沿袭唐制,实行"旬休",但节庆假日则花样百出。

从元代开始,法定节假日锐减到五十二天:

若遇天寿(皇帝生日)、冬至,各给假二日;元正(春节)、寒食,各三日;七月十五日、十月一日、立春、重午、立秋、重九、每旬,各给假一日。

到了明代,假期更少。《明会典》记载:"国朝正旦节放假五日,冬至三日,元宵十日。"只在元旦、元宵、冬至三个节日放假,共十八天。每月三天的旬休取消了,意味着官员们没有了日常的休息日,他们基本上就是无休无止地连轴转。

清代基本保留了明代的放假办法。起初官员们负面反应较大,后来,朝廷采取集中放假的方法,把冬至、元旦和元宵节整合在一起,放一个月假。放假的具体时间由钦天监负责,在十二月十九日至二十二日四日之间选择一个吉日。届时,会把官印封存起来，称为"封印"，表示停止办公，全国人民吃喝玩乐，直到一个月后才开印。

至清末，少数学堂出现西式星期日休息制度。

七月七宝市

据记载,"鬻器用者,号七宝市"。"七宝"是佛教用语,佛经中说法不一,《法华经》以金、银、琉璃、砗磲、玛瑙、真珠、玫瑰为七宝,《无量寿经》以金、银、琉璃、砗磲、玛瑙、琥珀、珊瑚为七宝。关于宋代成都"七宝市"举办的具体时间、地点以及所交易的商品,没有明确记载,如今已无从考证,但当代学者的研究表明,宋代成都"七宝市"售卖的商品主要包括家具、炊具等生活用品。

八月桂市

自古以来,桂花因与"贵"谐音,常被赋予美好的寓意。唐代以来,随着科举制度的实行,桂喻指科举登第,有"欲折一枝桂,还来雁沼前""长乐遥听上苑钟,彩衣称庆桂香浓"这样的佳句被广为流传。成都自古广植桂树,八月金桂飘香,灿如金粟。桂市以花成名,桂花亦因市而盛。人们便在桂市买桂花、赏桂花、吟桂花、品贵花,成为一时盛观。

九月药市

四川气候温润,出产诸多珍稀药材,如川芎、川大黄、丹砂、人参、白术等。宋人陶谷《清异录》记载:"天下有九福,京师钱福、眼福、病福、屏帷福、吴越口福、洛阳花福、蜀川药福、秦陇鞍马福、燕赵衣裳福。"可见蜀药在宋代享有盛名。成都药市便是四川地区各种药材的汇集交易之所,规模盛大,一年有三次之多,以九月重阳节玉局观药市最盛。成都药市上,不仅买卖四川特色药材,还有不少异国的珍稀药材。据记载,古代波斯人后裔李玄曾在成都开设药铺,专营外国药材。

十月酒市

宋代,酒的生产及消费不减唐代,成都每年十月会举办酒市,属于一年之中最为盛大的品酒会和交易会。张咏为官成都,说当时"酒肆夜不扃,花市春惭怍"。杨亿在《成都》一诗中写下:"五丁力尽蜀川通,千古成都绿酎酦。"把蜀酒作为成都有名的特产。宋代的酒是专卖品,陆游诗《楼上醉书》:"益州官楼酒如海,我来解旗论日买。"提到的便是官酿官卖的盛况。文人骚客都爱饮蜀酒,苏轼专作《蜜酒歌》,记录他向绵竹人杨世昌学习蜜酒的酿制方法,可见其对蜀酒的倾心。

十一月梅市

唐宋之时,成都是远近闻名的花城,四季名花不断。成都城中所种植的花卉,以梅花、芙蓉、海棠为主,其中又以梅花为盛,加之成都人"喜遨游",赏梅自然成为宋代成都的习俗风尚,形成了以赏梅为主题的梅市。从杜甫到陆游，文人词客在蜀地寻梅、赏梅、咏梅、忆梅，留下了"当年走马锦城西，曾为梅花醉似泥"的千古名句。范成大出任成都知府期间，曾在成都合江亭芳华楼开宴赏梅，留有诗句："雨入南枝玉蕊皴，合江云冷冻芳尘。司花好事相邀勒，不著笙歌不肯春。"而世界上第一部梅花专著《梅谱》，也是出自这位成都知府笔下。

十二月桃符市
桃木有压邪驱鬼的作用，古时人们会在桃木板上分别写上"神荼""郁垒"二神的名字，制成桃符，在辞旧迎新之际悬挂或张贴于门上，意在祈福灭祸。王安石《元日》中"千门万户曈曈日，总把新桃换旧符"的诗句，描述的便是家家户户悬挂桃符的景象。桃符也被认为是春联的雏形，相传后蜀皇帝孟昶曾在桃符上写下我国第一幅春联"新年纳余庆，嘉节号长春"。宋代，在桃符上写对联已十分流行。农历十二月左右，桃符成为百姓在集市上买卖的热门商品，自然而然便有了十二月桃符市。年关将至，桃符市自然少不了各类年货。《武林旧事》记录了琳琅满目的年货商品，从中可以窥见宋代人的年货"购物车"："腊药、锦装、新历、诸般大小门神、桃符、钟馗、春帖、天行贴儿、金彩、缕花、幡胜、馈岁盘盒、酒檐、羊腔、果子、五色纸钱、糁盆、百事吉、胶牙饧。"

词条　成都十二月市 02

以三月蚕市为例

"蚕",在蜀地有着举足轻重的地位。古蜀第一代蜀王蚕丛氏,就是以蚕作为图腾崇拜。加之,养蚕发源于蜀地,后来有了丝绸,又有了丝绸之路。锦里、锦城、锦官城的崛起,追根溯源,都源于那个"蚕"字。因而,历史上的成都蚕市,几乎成了人们休闲娱乐、货物交流的总称,远远超过了"蚕"的范畴,各种规格不同花样翻新的耍法不断涌现,一定程度上点燃了这座城市的休闲欲望,是一个令人遥想和回望的所在。

1063年的除夕,26岁的苏轼刚到陕西凤翔任判官,弟弟苏辙写信给他,追忆起家乡过年时的"蚕市"。苏轼在凤翔府收到信后,回了一首诗,让他想起了更多蚕市的盛景。每年三月,是固定的"成都蚕市"月市,顾名思义,是以蚕丝制品为主的贸易集市。每逢此时,"一年辛苦一春闲"的四川乡民,都会去赶集,"共忘辛苦逐欣欢"。而市场上各式各样的缫丝用具、精美的丝织品,货如连山,琳琅满目。苏轼与苏辙在其中流连忘返,"年年废书走市观",连书也没心情看了。

不难想象,歌咏各种市场的有很多是官员,有的甚至是被称为"遨头"的太守或地方最高行政长官。"遨"者动也,从辵,从敖,引申为"抬头昂首"的意思。宋代成都自正月至四月浣花,太守出游,士女纵观,称太守为"遨头"。田况《成都遨乐诗》二十一章里,就有不少关于专业市场的描绘,蚕市便是其一。因蚕市在不同地点举行,田况便分别有歌咏大慈寺蚕市和南门蚕市的,他在"遨乐诗"中,没有直接写蚕市的买卖,而是宕开一笔,把着力点用在蚕市的蚕具、农具上,还将老农的话与寺里的笙歌作比,点出成都人少愁苦、易欢乐之特点。

高阁长廊门四开,新晴市井绝纤埃。
老农肯信忧民意,又见笙歌入寺来。

短短四句,点出蚕市除了是货物交易的场所,还是达官贵人和士大夫们车马喧阗、笙歌悦耳的游乐观光场所。另一首《五日州南门蚕市》描写南门蚕市,则非常直白地写到了市场上众多的货物交易:

齐民聚百货,贸鬻贵及时。
乘此耕桑前,以助农绩资。
物品何其夥,碎璅皆不遗。
编筱列箱筥,䈰木柄鎡錤。
备用诚为急,舍器工曷施。
名花蕴天艳,灵药昌寿祺。
根萌渐开发,箪载相参差。
游人衒识赏,善贾求珍奇。

特别是最后两句,高度概括了成都人的生活态度和乐观人生。

"物品何其夥，碎璅皆不遗。"蚕市也逐渐在向综合性市场发展，尤其到了市场成熟的宋代，已不再仅仅是专门交易蚕器的市场。《方舆胜览》记载，蚕市上有时令花木出售，"二月望日鬻花木蚕器于其所者，号蚕市"。《岁华纪丽谱》透露，蚕市上有农具出售，"二十三日，圣寿寺前蚕市。张公咏始即寺为会，使民鬻农器"。

从五代开始，蚕市发展到宋代，已到了最兴盛的时期，其活动频率之繁、规模之大都是空前的。宋时的蚕市有多处，城南的得贤门、城东大慈寺、城西南的圣寿寺和大西门……据统计，成都蚕市的活动主要集中在正月到三月之间，比如二月八日和三月九日（均在大慈寺）、二月二日（宝历寺）、三月三日（学射山）、三月（龙桥）、三月（乾元观）等。短短三个月就有九次之多，足见两宋时期成都交易活动的频繁，商业贸易的发达。《岁华纪丽谱》也载，一年之中成都规模最盛大的蚕市有三次，分别在正月初五（南门）、正月二十三（圣寿寺）和三月二十七（大西门睿圣夫人庙前）。三次大型活动应该是全城性的，之前的九次可能都是一些规模不大的小型活动。

以此也不难看出，"三月蚕市"之说，权当"十二月市"中的一个时令之词，并非只在三月进行。

蚕市如此乐此不疲频繁地举办，不仅仅事关蚕市本身，也事关市场需求，更与成都悠游习俗的心理需求相关。苏轼的朋友、来自湖北安陆的僧人张仲殊曾到成都一游，见识过成都蚕市期间的全民狂欢，写下一曲《望江南》小令，白描一般地再现了"遨游"的情景：

成都好，蚕市趁遨游。夜放笙歌喧紫陌，春邀灯火上红楼，车马溢瀛洲。

人散后，茧馆喜绸缪，柳叶已饶烟黛细，桑条何似玉纤柔，立马看风流。

夜市上的燕舞笙歌，很远的郊外都能听到；曲终人散之后，那就是桑条与茧馆独领风流的时候了。词中的"蚕市趁遨游"五字透露出这样一个信息，"蚕市"不是简单的专业交易节日，它与"遨游"连在一起，成为成都人春季旅游的"发令枪"。某种程度上讲，"遨游"抢了"蚕市"的风头，成都人"玩"的本色占了上风。

这样一来，"三月蚕市"真显得有些名不副实了。当然，这是玩笑。

苏轼在一首《次韵刘景文周次元寒食同游西湖》诗中自注道："成都太守自正月二日出游，谓之遨头，至四月十九日浣花乃止。"有成都太守作为"遨头"亲自出马，又有政府搭台，可以看出这场旅游活动的声势，让商业贸易和笙歌游乐两不误。

先后火爆四个月，蚕市岂止一个"三月"？"蓝尾忽惊新火后，遨头要及浣花前"所烘托的物理空间，同样令人向往。

"柳叶已饶烟黛细，桑条何似玉纤柔，立马看风流。"张仲殊似乎只是把蚕市当作一个起兴的引子，主要落脚点在于赞叹蚕市期间，那些纵情遨游者的奢靡无度、男欢女爱。韦庄在《怨王孙》里说："锦里，蚕市，满街珠翠，千万红妆。"一生未必到过成都的艳词高手柳永，也忍不住提笔勾勒起他臆想出的柔情成都,"地胜异,锦里风流,蚕市繁华,簇簇歌台舞榭。雅俗多游赏,轻裘俊,靓装艳冶"。

宋时成都的游乐风尚之所以引人注目,有一个重要原因在于邀乐之风盛行。北宋很多文人都是邀乐诗(词)高手,如邵伯温的《元夕》:

从昔遨游盛两川,充城人物自骈阗。
万家灯火春风陌,十里绮罗明月天。

又如陆游,成都为官的他,留下多首脍炙人口的邀乐诗词:

尽道锦里繁华,叹官闲昼永,柴荆添睡。清愁自醉。(《双头莲·呈范至能待制》)

阅邯郸梦境,叹绿鬓、早霜侵。奈华岳烧丹,青溪看鹤,尚负初心。(《木兰花慢·夜登青城山玉华楼》)

陆游的笔下,是"邀乐无时冠巴蜀",更是"尽道锦里繁华"。

成都人游赏无时、四季不断、邀乐繁复之风,由此可见一斑。两宋时期成都游乐风尚之盛,更是"甲于四蜀"(《宋本方舆胜览》),而且还游娱无时,动辄连月。有宋一代,就诞生了近百首关于成都人游玩的诗词。青城山、学射山、海云山、武担山等,都是成都人游玩的好去处;锦江、浣花溪、摩诃池、碧鸡坊等,都是成都人荡漾的最佳地;锦里、大慈寺、青羊宫、武侯祠等,都是成都人打卡的首选地。

成都遨乐风气之盛，蔚为大观。很大程度上讲，宋代文人墨客留下的词，给我们打开了另一扇观赏宋代成都游乐盛况的窗口。那些宋代文人通过自己的作品，将一个锦绣成都烘托得淋漓尽致。因而，成都蚕市及遨游已蜚声在外，成为喜欢悠游的文人骚客们的最爱，他们千里迢迢慕名而来，与同样喜欢游历的成都人一起，共享一场以蚕为名的遨游盛宴。

到了宋代，成都蚕市的性质已经发生转变，由一个商业场所转变成为一个娱乐场所和带有娱乐性质的旅游场所，供一般市井人们休闲和娱乐。难怪韦庄以《河传·锦里》为题，写下关于"隔仙乡"的文字：

锦里，蚕市。满街珠翠，千万红妆。玉蝉金雀，宝髻花簇鸣珰，绣花裳。

日斜归去人难见，青楼远，队队行云散。不知今夜，何处深锁兰房，隔仙乡。

《永乐大典》记载，张詠（此处的张詠跟第6章提到的张咏系同一人。"詠"与"咏"系异体字）曾在宝历寺"寺前创一蚕市，纵民交易，嬉游乐饮，复倍于往年"，表明蚕市时人们纵情享乐的情况。

蚕市虽名为"市"，但在这些记载中，其商业性质并不突出，重点在"游"上，不仅有蚕商农产品的交易，更多的是歌舞伎乐的嬉戏游乐。

可以说，蚕市已经是一种融商品交换和大众游宴娱乐为一体的综合性地方节日了。其实，蚕市早在前蜀王建时期便颇成规模,已经盛名在外了。《五国故事》记载:"蜀中每春三月为蚕市,至时货易毕集,阗阓填委,蜀人称其繁盛。"黄休复在《茅亭客话》中也如是评价王建:

展拓子城,西南收玉局,化起五凤楼门,五门雉堞巍峨,饰以金碧,穷极瑰丽,辉焕通衢,署日得贤楼,为当代之盛。

黄休复很会用词,一个"五凤楼",一个"得贤楼",就已经让人感受到其"穷极瑰丽,辉焕通衢",虽然诗文有夸张之嫌,但也不难窥见其中的"当代之盛"。与唐宋相比,看似低调的王建时代,蚕市更为隆重,到了正月初五,太守当天祭祀蚕丛后,在成都子城的"五门"外摆宴,与父老乡亲同欢。另外,初五这一天,也被成都人俗称为"破五节"。蜀人刘沅记载,"破五"更为人们看重,夫妇尤其是新婚者,会在这一天成双成对回娘家贺新年:

破五休言少令辰,从今应号女儿春。
画堂深处深深拜,最喜如花两个人。

"破五节"因中国民俗认为之前诸多禁忌过此日皆可破而得名,古代这一天禁忌特别多。《燕京岁时记》中说:"'破五'之内不得以生米为炊,妇女不得出门。"老话又说,"初五四不留,留了一场空"。"四不留"是指垃圾污水、旧物破物、衣物灰尘、自身懒惰,由此也不难看出成都人的生活品质。

王建这个十分爱耍的河南人,把成都休闲文化提高到了一个空前的高度。我曾经写有一篇《那个属兔的蜀"王"》的文章，称成都休闲的源头，就是这个千年前的"兔儿爷"（王建属兔）。"蜀人好游乐""蜀人游乐不知还""蜀风尚侈，好邀乐"……从西汉扬雄的笔下到北宋张咏的吟咏，无不体现成都这一游乐传统。只不过，王建在打理好江山社稷后，延续了这一光荣传统。

从五代到两宋，蚕市已成为成都最重要的交易场所。除了成都人好游乐的天性之外，这一时期成都养蚕业、丝织业高度发达，催生出了"蚕市"这样的市场。事实上，成都与蚕的渊源可谓深远。《方舆胜览》总结说："成都，古蚕丛之国，其民重蚕事，故一岁之中，二月望日鬻花木蚕器于其所者，号蚕市。"成都蚕市起源于唐代，在五代时期有了较大的发展，黄休复《茅亭客话》记载：

蜀有蚕市。每年春正月至三月，州城及属县循环一十五处。……又蚕将兴以为名也，因是货蚕农之具及花木果草药什物。

难怪陆游在《剑南诗稿》的自注中，也意味深长地写道："蚕市，成都正初故事。"在成都这个染缸里泡了很长时间的陆游，以"故事"二字意味深长地表达了对这方土地的深情，我们不知道的是，他身上还有多少鲜为人知的故事在成都发生？

这也是成都蚕市的生命力所在。苏轼爱逛的蚕市一直延续到近代，19世纪的一首竹枝词中，蚕市依旧是成都的"城中盛事"：

成都蚕市正春光，妇女嬉游器具场。
买得鸦锄勤拂拭，夕阳桥畔种新桑。

我一直在想，为什么成都蚕市不再只是言"蚕"，甚至远远超过了"蚕"的范畴？为什么成都蚕市如此令人迷恋？按理，成都十二月市中，蚕市只是其中之一种，为何生命力如此之强？

我以为，这正是成都作为历史文化名城的传承所致。遥想古蜀第一代蜀王，就是我们在三星堆遗址和成都金沙遗址看到的纵目蚕丛氏。唐代诗人李白眼里，"蚕"的时代是"开国何茫然"的远古时代，随着大量古蜀文物重现天日，"蚕"的面目一层层破解。因此不难理解为何成都蚕市能保持旺盛的生命力了——那正是一路从远古走来的成都人不忘初心的生动写照。

词条　宋代成都节日

(1) 正月元日登安福寺塔，拜塔，燃香，挂幡以禳兵火之灾。

(2) 正月二日出东郊郊游，祭东君，扫墓；早宴碑楼院，晚宴大慈寺，妓以新词送茶。

(3) 正月五日南门游蚕市，官方在门外摆宴席。

(4) 上元节正月十四、十五、十六三日早宴大慈寺，晚宴五门楼，甲夜观山棚变灯；十七日，残灯会，宴请都监。

(5) 正月二十三日圣寿寺前蚕市，民鬻农器；奠献都安王祠；出万里桥，登乐俗园亭。

(6) 正月二十八日（保寿侯诞日）出笮桥门，奠拜保寿侯祠；游净众寺，奠拜杜丞相祠，晚宴大智院。

(7) 二月二日（踏青节）四郊踏青，游江，晚宴宝历寺。

(8) 二月八日大慈寺前蚕市，早宴大慈寺，晚宴金绳院。

(9) 三月三日（上巳日，张柏子飞升日）出北门，宴学射山，射箭；佩符游山以宜蚕辟灾；晚宴万岁池亭，泛舟池中。

(10) 三月九日大慈寺前蚕市，早宴大慈寺，晚宴金绳院。

(11) 三月二十一日（灵智禅师归寂日）出大东门，宴海云山鸿庆寺，登众春阁；游山，士女摸石求子；晚宴大慈寺。

(12) 三月二十七日大西门睿圣夫人庙前蚕市；奠拜睿圣夫人庙，早宴净众寺，晚宴大智院。

(13) 寒食节出大东门，早宴移忠院，晚宴大慈寺；祭鬼；

游观西园。

（14）四月十九日（浣花佑圣夫人诞日，浣花日）出笮桥门，入梵安寺谒夫人祠；登舟游浣花溪，观诸军骑射；全民游乐。

（15）五月五日（端午节）宴大慈寺；市上售卖艾草、道符、朱丝彩缕、筒饭、粽子。

（16）六月初伏日会监司，中伏日会职官以上，末伏日会府县官，早晚宴于江渎庙，泛舟避暑，临池畅饮。

（17）七月七日（七夕）晚宴大慈寺，登寺门楼，观锦江夜市。

（18）七月十八日大慈寺散盂兰盆，宴于寺之设厅。

（19）八月十五日（中秋节）玩月，宴于西楼望月锦亭。

（20）九月九日（重阳节）玉局观药市；宴监司于宣诏堂，晚饮于五门；设棚屋，游观两日。

（21）十二月冬至日（冬至节）朝拜天庆观，宴会大慈寺。

词条　宋代成都节日

成都的元宵夜

春节是中国人最看重的传统佳节，没有之一。这个节日已经风行千年，至今热度不衰。春节从腊月开始就有前奏，有小年的说法，足见这个节日的高贵。春节正式开始于除夕，这一天也称大年——小年只算得上除夕的预演，相当于民间传统的开场锣鼓。正月初一，才标志着新一年的开启，一直要延续到正月十五，春节才算结束。

正月十五又称元宵节，年的氛围会在元宵之夜达到高潮，赏灯便成为人们最好的活动。元，始也；宵，夜也。《说文解字》的解读清晰明了。在古人眼里，元宵节是一元复始、大地春回之日，各地以"闹"为主题的活动形式多样，既有出门赏月、燃灯放焰、喜猜灯谜、共吃元宵等民俗活动，也有舞龙灯、踩高跷等社火表演。

道家将宇宙分为天、地、水三界，分别由天官、地官、水官掌管。到了北魏时，以三官配三元节，就有了正月十五日天官诞辰，为上元节；七月十五日地官诞辰，为中元节；十月十五日水官诞辰，为下元节。所以，直到宋代以前，元宵节多称"元夜""元夕""上元"，而宋代以后的文献，则多见"元宵"一词。

元宵节还有一种来历之说。史载，汉惠帝刘盈死后，其母吕雉临朝，吕氏宗族把持朝政。吕雉死后，周勃、陈平等人拥立刘恒为帝，即汉文帝。勘平之日恰是农历正月十五日，为示庆贺，文帝每年此夜出宫与民同乐。遂一直沿袭至今，并为历代百姓所喜爱。

成都人很在意过年的仪式感。元宵夜历来以"闹"为主，这一夜疯狂的人们彻夜不眠。而在大年初一，却要与一座塔相伴。对此，成都作家林元亨有一个十分形象而浪漫的表述："宋代成都人的新年，是从一座塔正式开始的。"这座塔名叫安福寺塔。据说在这一天，成都人出门前，要就着一盘蜀地花椒，喝上一杯屠苏酒以避瘟疫，然后家家户户才能呼朋唤伴，纷纷去游安福寺塔。"年年最后饮屠苏，不觉年来七十余。"（苏辙《除日》）

这一天，成都人摩肩接踵、熙熙攘攘。其繁其盛，大多留存于古时的文献之中，特别是宋诗词承载了很多。我们不妨来看看北宋成都知府田况的一首五言诗《元日登安福寺塔》：

岁历起新元，锦里春意早。
诘旦会朋寀，群游候骖导。
像塔倚中霄，翬檐结重橑。
随俗纵危步，超若落清昊。
千里如指掌，万象可穷讨。
野阔山势回，寒余林色老。
遽赏空闾巷，竭来喧往耄。
人物事多闲，车马拥行道。
顾此欢娱俗，良慰羁远抱。

第忧民政疏，无庸答宸造。

从这首《元日登安福寺塔》中不难看出，安福寺塔在人们日常生活中的影响颇大。"邀赏空闾巷，竭来喧往氅"，"人物事多闲，车马拥行道"。做过成都知府的北宋官员田况，对成都春节邀游的规模，印象颇深。

安福寺塔位于成都的西门，在今天的石笋街附近。南宋淳熙三年（1176）的元日，范成大在安福寺参加祭祀大典后，还顺道去看了新修的石笋街。此时范成大任四川制置使兼知成都府。对于宋时官员而言，写诗有如记日记一般平常。这一天，范成大又写了一首诗《丙申元日安福寺礼塔》：

岭梅蜀柳笑人忙，岁岁椒盘各异方。
耳畔逢人无鲁语，鬓边随我是吴霜。
新年后饮屠苏酒，故事先然窣堵香。
石笋新街好行乐，与民同处且逢场。

有一种说法，成都灯会起源于唐睿宗景云二年（711）。《岁华纪丽谱》里引用唐人《放灯旧记》称，安史之乱时，唐玄宗逃离长安，驻跸成都，把元宵灯会习俗带到了蓉城。最初只在正月十五日举办一夜，唐玄宗到成都后，每年上元节前后连办三夜，声势浩大。实际上，元宵灯会在成都由来已久，最热闹的地方就在锦里，即唐代的大慈寺。

自唐玄宗始，成都灯会就主要集中在大慈寺和昭觉寺，《岁华纪丽谱》告诉我们：

宋开宝二年，命明年上元放灯三夜，自是岁以为常，十四、十五、十六三日，皆早宴大慈寺，晚宴五门楼，甲夜观山棚变灯。其敛散之迟速，惟太守意也。如繁杂绮罗街道，灯火之盛，以昭觉寺为最。

正月十四、十五、十六这三天，算得上宋代成都百姓的狂欢节了。大慈寺自不必说，自唐以来，就是都市里的佛寺，一定意义上讲，身处成都闹市的大慈寺，在成都人心里已经不再是一座寺庙了，而是成都人休闲娱乐的人文地标。按说，这样的佛寺重地应以清静无为为上，可大慈寺却难以置身事外。也不难理解，佛家以众生为本，度一切之难。《金刚经》有云："彼非众生，非不众生。"唐宋期间的大慈寺，已经成了拯救众生的一个偌大道场。

今天已偏安一隅的昭觉寺，能成为灯市之所在，可能有些令人意外。遥望唐宋时代，这里可是令人仰望的地方。唐贞观年间（627—649）改为佛刹，名建元寺，唐宣宗李忱亲自赐名"昭觉"，有皇帝加持，寺庙地位自然不一般，有"川西第一禅林"之称。这种风骨延续到整个宋代。

史载，成都灯会最初只在正月十五日元宵夜举办，创造了开元盛世的唐玄宗越发浪漫，遂将节日大假延长为三日。北宋为了刺激消费，又延长为五夜，南宋时为六夜。这当然乐坏了成都百姓，他们恨不得天天都是元宵夜，夜夜笙歌达旦。

为了留住那些美好的过往，成都文化公园的支矶山上，有整整一面浮雕墙，以《灯会溯源图》为主题，雕塑了唐、宋、明、清时代人们赏灯的情形。其中宋代部分，主要展示了宋代商贾集市因照明的需要，促使各式彩灯不断出现，如方灯、圆灯，具有动感的鱼灯、兔灯等。虽然石雕效果不足以完全体现出热烈的氛围，也足以让人感受到千年前的奢华时光。

街坊华灯齐放、艳彩映天，青羊宫的道灯、昭觉寺的佛灯、大慈寺的冰灯等，精巧奇绝，引人入胜。因为规模盛大、精巧绚丽，成都的元宵灯会不仅吸引了成都府属城乡百姓踊跃观赏，甚至成都以外各府县城乡的百姓也争相前往。庄季裕《鸡肋编》甚至记载，"成都元夕，每夜用油五千斤"。不难想象，元宵夜的成都，足可以称得上真正的"不夜城"了。

不仅如此，成都人的耍法还出奇。上元节放灯三夜，官府搭建山棚，制作变幻新奇的各式灯笼。玩得兴起，人们又开始搭建大型"灯山"，点燃后，"金碧相射，锦绣光辉"。据载，灯山可以和京师的媲美。《岁时广记》卷10《州郡灯》就说：

成都府灯山或过于阙前，上为飞桥山亭，太守以次，止三数人，历诸亭榭，各数杯乃下。从僚属饮棚前，如京师棘盆处，缉木为垣，其中旋植花卉，旧日捕山禽杂兽满其中，后止图刻土木为之。蜀人性不竞，以次登垣，旋绕观览。

制灯赏灯玩灯，已经成为春节期间，刻入中国人骨子里的古老习俗，而成都人尤甚。他们对花灯的喜爱，无疑促成了成都十二月市之一的灯市繁荣。宋代成都灯彩技术精良，灯会规模宏大，灯品原料丰富。工匠巧用兽角、翎毛、琉璃、白玉、皮革、丝绸等材料制灯，并用琥珀或玳瑁装饰，由是出现了龙灯、凤灯、宫灯、纱灯、走马灯等精美奇巧的灯品。

每至元宵节，人们在庙中巧立"灯杆"，燃灯数十百盏，自上而下，成宝塔形，并用秫草或彩布制成雄狮、神位、耕牛和猪羊等。尤其是灯山的设计，其复杂和智巧可谓登峰造极。元宵节期间，人们搭起彩棚，张灯结彩，叠成山林形状。灯山点燃之后，万灯齐明，真可谓"灯山上彩，秀丽交辉"。

人是灯会的天然主角。每逢元宵时节，无论达官贵人，还是贩夫走卒，都争相涌进大街小巷，成为灯市一景。特别是女孩们找出平日里不穿的时装，还有压箱底的佩饰，真个选美一般，满城妇女竞相佩戴，争奇斗艳。中国古代大体上并不鼓励女性在外抛头露面，但成都十二月市在唐宋间已经基本成为一个全民参与的盛会。一片霓虹华彩，花枝招展的夫人们女儿家也纷纷出门逛。香市期间，成都更是倾城出游，不论男女老少、富贵贫贱，在这一天都会一同前往寺庙宫观烧香祈福、游赏踏青。北宋年间担任益州知州的张咏，曾这样记录成都二月花市期间，女子三两出游踏青的情景：

春游千万家，美女颜如花。
三三两两映花立，飘飘尽似乘烟霞。

(《二月二日游宝历寺马上作》)

中华上下五千年的历史，还是女性一步步解开裹脚布的历史。竹枝词曾风行成都一时，其中有不少记录了19世纪成都女性与姐妹同游，盛装打扮的情形，她们不时出现在蚕市、花市、香市、药市等公共场合。比如：

浓妆淡抹费安排，姊妹相邀步履偕。
珍重街头须缓缓，恐他泥污踏青鞋。

成都作家李劼人的回忆中，20世纪初成都的庙会，最有人情味的不是热闹的买卖和香火，而是街上男女的相互张望，他用十分老到而风趣的"成都语言"，将成都的开明与开放和盘托出：

就是官宦人家、世家大族的太太、奶奶、小姐、姑娘们，平日只许与家中男子见面的，在赶青羊宫时节，也可以露出脸来，不但允许陌生的男子赶着看她们，而她们也会偷偷地下死眼来看男子们。

一个女性解放的城市，才是真正有人情味的城市，而成都自古如此。

今天成都街头以时尚和新潮著称，将多元视为这个城市的日常生活。这样的城市文化，不是随网红街拍而来的潮流，而是延续千年的"十二月市"，缓慢地将烟火气与人情味，植入了成都的文化基因里。对于这种基因，北宋吕原明在《岁时杂记》也有记载：

京师上元节以熟枣捣炭，丸为弹，傅之铁枝而点火，谓之"火杨梅"，亦以插从卒头上。又作莲花牡丹灯碗，从卒顶之。

这样的"火杨梅"十分有趣。把花灯放到头上，人在街头漫步，灯在头上闪烁。

今天看来，火杨梅的原理很简单，即是将干枣磨粉，捣炭为屑，将枣粉、炭屑拌在一起，浇上油蜡，团成圆球，有莲花状或者牡丹状的灯碗，用铁枝串起来，点着了，放在头顶，男女都可以戴。既可取乐，亦可照明。

满大街移动的灯聚在一起，蔚为大观。不过，在没有电的时代，于宋人而言，头上戴灯或许很好玩，但还是不安全。男子和女子一样挽着高高的发髻，发髻上再固定一树哧哧冒火的"火杨梅"，只能小心翼翼地走路。假如步子迈大了，有一点明火落到头发上，不仅少了游玩的兴致，也会有安全隐患。

宋时的"正月灯市"，灯当然是绝对主角，却不是唯一。上元节，昭觉寺、大慈寺雪锦楼、玉局观五凤楼、五门西南隅的红楼，这些人气指数很高的地方，有指定搭棚耍杂技、演木偶戏的露天坝，成都城郊皆灯火辉煌。曾任成都知府的宋人田况，有《上元灯夕》一诗，描写成都灯市盛况：

春宵宝灯然，锦里香烟浮。
连城悉奔鹜，千里穷边陬。
袯裯合绣袂，辘轳驰香辀。
人声辰雷远，火树华星稠。
鼓吹匝地喧，月光斜汉流。
欢多无永漏，坐久凭高楼。

"宝灯然""香烟浮""合绣袂""驰香辀""无永漏""凭高楼"，这简洁而有趣的短句，烘托出成都华灯的艳丽和瑰丽之态，火树银花，熙熙攘攘，盛况空前，一幅"上元灯夕"的美丽画面跃然纸上，令人浮想联翩。

宋代成都人新年第一天上香的安福寺塔，在哪个方位？刘禹锡《成都府新修福成寺记》说："益城右门大逵（大路）坦然。西驰曰石笋街。街之北有仁祠，形焉直启，曰福成寺。寺之殿台与城之楼，交错相辉，绣于碧霄，望之如昆阆间物。"据此可知，寺即在石笋街之北。宋代，福感寺新的名字是安福寺，从通感变成心安，可见"武宗灭佛"这一场政治运动对一个寺院乃至一方百姓的心理创伤。经历两宋的安福寺，在成都人一岁岁的"窣堵香"里，最终毁于蒙古二太子阔端"火杀"成都（《昭忠录·王翊传》）。从此安福寺消失于线装的历史，不复重建，只剩下元人费著追述宋时成都人与安福寺塔的故事。明代，安福寺附近的净众寺经重建后改名净因寺，并且很有可能，虽然安福寺没有被重建，但一些佛像，也被重建的净因寺所囊括，所以老百姓开始称其为万福寺。或许，这也是成都人对一个"福"字的因袭、怀念与憧憬。清乾隆年间的成都人，会在元日这一天，一早赴庙争烧头炷香，并且会抽签以占一年休咎，且有在这一天前往亲朋家贺年但不在别人家留宿过夜的习俗。

词条　安福寺塔

美酒成都堪送老

岂止正月,岂止灯会。有宋一代,不知多少人沉醉在成都这个销魂的幸福染缸里。比如陆游。淳熙四年(1177)的元宵节,因为范成大的关系,终于从荣州调回了成都的陆游,携手华阳女子杨氏,在熙熙攘攘的五凤楼门看灯。在这兴奋而幸福的人生时刻,他情不自禁地写下了组诗《丁酉上元》,来庆祝自己的人生得意:

放翁也入少年场,一笑灯前未歇狂。
翠袖成围欺月冷,毡车争道觉尘香。
蛮酥点缀春风早,楚饵留连夜漏长。
结骑莫辞侵晓色,昔人万里看西凉。

突兀球场锦绣峰,游人士女拥千重。
月离云海飞金镜,灯射冰帘掣火龙。
信马随车纷醉侠,卖薪买酒到耕农。
今年自笑真衰矣,但觉凭鞍睡思浓。

此刻"也入少年场"的陆游,时年52岁。真可谓"春风得意马蹄疾"。成都作家林元亨对宋代成都的人文有着较深的研究,他擅于从茫茫古籍中淘得关于成都的故事,并写有系列文章,条分缕析。比如,他对成都时的陆游,就有区别于常人的发现:

今天的很多成都人,并不知道陆游与一个成都妹子的美丽爱情。

这个女子被称为"蜀郡华阳人"杨氏,她为陆游生下了二子(子布、子聿)一女,这个爱女被陆游唤为"女女",百般疼爱,只可惜一岁多时不幸夭折。

大约1173年,孝宗乾道九年,49岁的陆游瞒着妻子王氏,在外面纳了一位姓杨的二十出头的歌女作为小妾。这个聪慧的歌女据说是一个驿卒的女儿。

据载,陆游的继娶王氏,并不能容得这个聪慧的杨氏。第二年,陆游刚赴荣州后的十一月,就得知第六子子布在华阳出生的消息。其实,元亨兄的上述挖掘,更多源于宋人陈世崇《随隐漫录》的记载:

陆放翁宿驿中,见题壁云:"玉阶蟋蟀闹清夜,金井梧桐辞故枝。一枕凄凉眠不得,呼灯起作感秋诗。"放翁询之,驿卒女也,遂纳为妾。方余半载,夫人逐之,妾赋《生查子》云:"只知眉上愁,不识愁来路。窗外有芭蕉,阵阵黄昏雨。晓起理残妆,整顿教愁去。不合画春山,依旧留愁住。"

上元灯会,在荣州的陆游,特别怀念独自在华阳抚养小儿的

杨氏,这一天,他写下一首《沁园春》:

一别秦楼,转眼新春,又近放灯。忆盈盈倩笑,纤纤柔握,玉香花语,雪暖酥凝……

诗人多情。陆游更不失为一个多情种子,因而才催生出"纤丽处似淮海,雄慨处似东坡"(杨慎评价陆游词)的诗情。陆游的好友周密在《齐东野语》里,还收录了一首打趣陆游的《鹊桥仙》:

说盟说誓,说情说意,动便春愁满纸。
多应念得脱空经,是那个先生教底?
不茶不饭,不言不语,一味供他憔悴。
相思已是不曾闲,又那得工夫咒你?

其实,周密在《齐东野语》里还是给放翁留下了一点颜面,只说是陆游的一位门客,从蜀地带回一妓,门客将她安置在外室居住,每隔数日去看望她一次。客偶然因患病而暂时离去,引起了蜀妓的疑心,客作词解释,妓和韵填了这首词以作答。

从这首词中,不得不佩服这位"蜀妓"的才气,也不得不叹服,诗人身边的"妓"都那么有文化,难怪诗人多情。"蜀妓"浪漫,《鹊桥仙》里的一撇一捺,故意以恼怒的口吻,嗔怪其甜言蜜语、虚情假意,无不透露出一个可爱、顽皮而幽默、敢爱敢恨的川妹子形象。

真可谓,"放翁五十犹豪纵,锦城一觉繁华梦"。

行文至此，不禁想到一首歌曲《桃花江是美人窝》里的句子，"桃花江是美人窝，美人窝里没有我"。这样的句式放在成都，应该改为"锦官城是美人窝，美人窝里没有我"才是。

宋代成都的夜，一直很"嗨"。

我们不妨将眼光从成都挪移到汴京城。与成都别无二致，凌晨一点的汴京城，正是人流如织、灯火璀璨的至热时刻。夜市的出现突破了营业时间的限制，北宋开封和南宋临安的市场商业气氛，较以前更为浓厚。《东京梦华录·州桥夜市》记载，北宋开封的夜市营业时间，被允许延长到三更甚至四更。古时一夜分为五更，一更两个时辰，和现在的时间对应大约是这样的：

一更19—21时；二更21—23时；三更23—1时；四更1—3时；五更3—5时。

太祖乾德三年四月十三日诏开封府，令京城夜市至三鼓已来，不得禁止。(《宋会要·食货六七之一》)

北宋的夜市拥有着无法比拟的活力。历史作家邵晓峰在其作品《宋式艺术生活》中，为我们描绘出这样一幅汴京城炫丽的景致：

开封城内，便既有上半夜营业的夜市，也有下半夜营业的鬼市。夜市在州桥，专卖各种吃食；鬼市在东十字大街拐角处茶馆，除了赌博，也卖衣服之类。东西未必来路不明，天亮散伙则可以肯定。

汴京的夜市发展得益于商业的发展。北宋的各大城市，既无唐代长安、洛阳那样的坊（居住区）与市（贸易区）之别，这使得市井贸易发展迅速；又无昼与夜之界，这使得汴京的夜市非常著名。

蔡京之子蔡絛眼里的都城开封街头，是一派"人物嘈杂，灯火照天，每至四鼓罢"景象（《铁围山丛谈》）。且在都城里，从事商业的空间，扩大到除了皇宫以外的各条街巷，甚至扩大到城郊。

宋以前，中国城市实行宵禁制度，即在一更敲响暮鼓，禁止出行，五更敲响晨钟后才开禁通行。及至唐朝，夜间依然是坊门关闭，街上断绝行人，实行禁严。

宋代之前，以汉唐为盛，汉唐人口最高峰时曾达到5000万到6000万左右。进入宋代之后，人民休养生息，长期的和平环境，使人口出现快速增长。宋仁宗时代的全国总户数为1200万，到宋徽宗时，已经超过2000万户。按每户5口人计算，宋代人口已经达到1亿以上，远远超越汉唐。从宋太祖乾德元年（963）至太宗太平兴国四年（979），宋朝运用武力征伐或不战而屈人之兵的手段，先后灭掉了荆南、湖南、后蜀、南汉、南唐、吴越、北汉等割据小国，"悉集七亡国之士民于辇下，比汉、唐京邑，民庶十倍"。汴京人口百万，每年消耗的粮食达600万石。据载，北宋的汴京和南宋的临安都是人口逾百万的国际大都会，此外还有6个像泉州、成都这样的大城市，人口在20万以上。至于10万人左右的中等城市则更多。

唐代京城是封闭型的，宫城和皇城之外划分为住宅区和商业区，前者叫坊，后者叫市。市是市，坊是坊，不相混杂，只不过长安的市分东西，洛阳的分南北。市和坊也都有门禁。住宅区早上开门晚上关闭，商业区则日中击鼓开市，日落鸣钲打烊。

长安和洛阳的夜晚静悄悄。

对于宋都和唐都的这一区别，易中天以为关键在体制之变。宋都夜市合法是因为取消了宵禁，也就是不再禁止人们夜间在城内活动。这当然有原因，也有过程。我们知道，开封原本是汴州的州城，叫梁。州城变成首都，房屋不够，民众只好侵街建房。这些违章建筑的门，当然都是面街的。面街当然比墙内更方便做生意，门市部由此诞生。

结果是什么呢？所有的坊都见贤思齐，纷纷破墙开店。这时，当局就面临着艰难的选择：要么食古不化，要么面对现实。但，如果坚持原来的制度，又不想因为强拆而激怒民众，那就得新建坊区和市区来安置居民和商家。成本太高，也不可能。因为汴梁是汴、黄、惠民、广济四河交汇之处，水路运输的交通枢纽。靠近码头之处，建有仓库、货场、宾馆和商厦，沿河一字排开。也只好彻底放手，尽管刚开始时并不情愿。（邵晓峰《宋式艺术生活》）

于是到仁宗时期，封闭型的坊市制便彻底崩溃，代之而起的是开放型的街市制。住宅区与商业区连成一片，商家纷纷沿街设店摆摊。

这样一来，宵禁根本无法实行，夜市也就合法，难怪可以"舞低杨柳楼心月，歌尽桃花扇底风"了。

这是重大转变。因为没有了宵禁，才会有夜生活；有了夜生活，才会有烟火气。

宋之前的中国，只有"城"而没有"市"，所谓的城市，其实都是军队和行政机关驻地。宋代城市的标志已经不再是高墙，而是街市。宋人张择端的《清明上河图》，具有中国画极其难得的写实风格，它十分具体地反映出宋代城市经济的发达盛况，图中茶坊、酒肆、庙宇鳞次栉比，门店张灯结彩，各种招牌分外醒目，街市上车水马龙，人来人往，商店经营的商品包括珠宝香料、绫罗绸缎、书籍药材等，琳琅满目，形形色色，可见当时汴京经济之繁荣。汴京的繁荣景象，不可避免地投射到了同样极具活力的成都。成都，是《清明上河图》的另一个版本。

原本壁垒森严、作为政治中心而存在的城堡，变成了世俗的、市井的、人间的城市。按我们今天的说法，就是消费型商业城市。

尤值得一提的是，宋代人口统计中，乡村居民和城市居民是分别造籍管理的，城市居民自此有了一个特别的称谓——坊郭户，这是中国第一次以这样的方式确认城乡差别，无他，只为方便征收赋役。坊郭户主要以经营工商业和服务业为生，按财力大小大体分为十等。商业繁荣的宋代，坊郭户遍及大宋每一个大小城镇。因之，"坊郭户制"不仅实行于州县城市，也实行于市镇。

开明的政策，良好的管理，使大宋成为当时全世界城市最多也最大的国家。早在太宗皇帝时期，开封便已是驻军数十万、居民上百万的特大城市。南宋临时首都杭州，人口则应该在六十万到一百万之间。其余如成都、苏州，北宋时的洛阳，南宋时的建康（今南京市）和泉州，人口都在五十万以上。

要知道，欧洲的大城市，这时一般还不到十万人。

"益，古大都会也，有江山之雄，有文物之盛。"成都古称益州，其文化和物产最精华的部分，都积淀在"十二月市"里的每一个细微的空间。

不得不承认的是，"十二月市"是农耕社会和古代商业文明联姻的产物，踏青、赏花、进香、喝茶等传统休闲，已经达到了一个很高的境界。随着现代化的不断深入，一些月令习俗也在退出城市生活，成为历史。蚕市、扇市、桃符市等都已渐渐消失。花样不断翻新的成都人想得更多的，是如何以其独创力将全国独一无二的"十二月市"版本不断升级，恰如其分地注入成都的城市基因。

"看得见、摸得着、可体验、能带走。"从甲辰龙年新春开始，成都重新定义十二月市的月令活动。如果赵抃活到今天，也会赞叹成都人玩得太出新了。不过，新的十二月市也尊重了赵抃那个时代的传统，只不过赋予了全新的主题与内涵。

毋庸置疑，我们今天生活的时代是一个飞速变化的数字时代，万物互联、注意力经济……各种因素叠加，倒逼成都十二月市将传统融入全新的理念之中，从而做到创新出彩。

中国人过日子讲究节气与物候，不时不食，顺时而为。而一城一地有多适合过日子，地理气候与四时物产固然是基础，更重要的还是人们的生活态度。

美酒成都堪送老，十二月市常出新。成都十二月市也许不是中国最早的市集，但肯定是中国延续时间最长的市集。它延续千年的烟火气和人情味，塑造了成都的品格。重新打造十二月市，变化的，是更加丰富多彩的形式与创新，不变的，是留驻唐宋市集浓浓的烟火气。

成都的夜，早已被点亮，成都天天都是不夜城。

今天的成都，鲜花无疑已经成了一种日常生活，每日皆是花市。成都的底气不仅仅来自"花重锦官城"的自然禀赋，更重要的或许是，成都人在与山川湖海、草木虫鱼的相处过程中，不自觉地养成了万物平等的观念，更喜欢自然，也更懂得欣赏人间烟火。

安逸、巴适的成都，从来都不缺休闲与浪漫，缺的是一双发现休闲与浪漫的眼睛。花重锦官、锦江夜游、熊猫灯会，交子大道的飞花令和汉服秀，草堂人日的传统祭拜与出新的诗朗诵，武侯祠庙会的传统花灯与硬核机器人同辉……拉满了人气。

词条 成都『新十二月市』

正月灯市,"万家灯火贺岁月";
二月花市,"花重锦官迎春月";
三月蚕市,"全球良品体验月";
四月锦市,"锦绣时尚潮购月";
五月扇市,"欢歌畅饮消夏月";
六月香市,"玉貌花容爱美月";
七月宝市,"金玉良缘浪漫月";
八月桂市,"和美乡村丰收月";
九月药市,"道地本草康养月";
十月酒市,"佳酿珍馐寻味月";
十一月梅市,"踏雪寻梅赏玩月";
十二月福市,"辞旧迎新团圆月"。

第 8 章　蜀商，一个独特的标签

一眼望不到头的荆棘之路

把脉锦江商象，一定会在无边的丛林中瞥见最初的蜀商，一定会上溯到蜀商的源头。

一定会寻到岷江。

我们尽可能用今天的思维想象：我们的先人，走在不沾边陲、不通海洋、群山环绕的荆棘商路上，艰辛满满，悲欢满满，却留下了一批又一批取之不尽的财富。

历史上数次大移民中，有两三个时间段出现了大量卓有商绩的客籍人物：一是秦灭巴蜀至秦统一全国的"秦民实川"时期，二是明末清初的"湖广填川"时期，此外还有唐代玄宗、僖宗"幸蜀"时期。

客籍商人一踏上蜀道、一来到锦江边就能发财，这是一个奇怪的现象——难道说，古时的成都已经就是"一座来了就不想走的城市"？

追寻天府之国的商贾历程，也就探访到了成都一路走来的丰裕之路。

于是知道，较之祖先的商，我们今天"商"到了哪里。人们不禁会问，生意人为什么叫"商人"？说到"商"这个字，除了经商外，能让人想到的就是几千年前的"商朝"，没错，它们之间的确有着紧密的联系。

在四千多年前的三皇五帝时期，黄河流域住着一个部族，首领叫作契。契因帮助大禹治水有功，舜帝任命契为司徒，封地为商邑，也将他的部族叫作"商"。契死后葬在商邑阏伯台下，他的墓被称作"商丘"，也就是如今河南商丘市的命名由来。

契的孙子相土发明了马车，六世孙王亥又驯服了牛，发明了牛车，于是商部族的农牧业在牛马车的帮助下发展迅速，很快就农产品过剩。

而王亥又是个很会做生意的人，经常带领奴隶们驾着牛马车拉着过剩的农牧产品到其他部落去做生意，于是王亥也成了我国历史上第一个生意人，也为"商"人的贸易基因打下基础。

这种以物换物的商业活动使商部族越来越强大。

再往后，契的第十四孙成汤（也叫商汤）灭亡了夏朝，以"商"为国号建立商朝。

不过延续五百多年的商朝最终在商纣王时期被周王朝打败，商朝灭亡。

商朝被周朝替代后，流离失所的"商"人流浪于各个方国之间，从事各种贩卖物品的贸易活动，发挥他们作为"商"人的特长。从此以后，人们便将这类从事贸易活动的生意人叫作"商人"。

掐指一数，世界上大大小小的城市文明，大多肇始于"两河流域",即两条河流夹持的"河间地区"。两河流域文明催生了城市文明,如与古中国、古埃及和古印度同为世界四大文明古国之一的古巴比伦,就诞生于底格里斯河与幼发拉底河之间的美索不达米亚平原——公元前 3000 年,苏美尔人就在两河流域建立了众多城邦。

成都城市文明也诞生于古府河与古南河之间的夹持地带。按今天的说法,府河、南河的统称就是锦江。

锦江的源头是岷江。锦江是岷江的一部分。

虽然蜀国的古老只可用缥缈无边、茫茫无依的"开国何茫然""尔来四万八千岁"来描述,但蜀国的记忆却一定是从蚕丛开始的。

换言之,蚕丛以远,古蜀大地一直处于失忆状态。

蚕丛氏是早期蜀族的重要组成部分。这个擅长养蚕的"桑蚕王国"先期主要靠"以物易物"的商贸手段用丝帛、山果、蘑菇等从其他部族那里取得盐、武器和马匹。后来,包括各代蜀王时期,古蜀商人从事贸易时已使用起了货币,包括海贝、铜贝、桥形币、黄金。

海贝等海洋资源在三星堆的现世,说明那时的古蜀人就打通了从成都到印度的商道,即后来所称的南方丝绸之路。

鱼凫是三代蜀先王的最后一代,也是早期强大蜀国的集大成者。鱼凫氏属氏族的一支,兴起于岷江上游。在夏商之际,鱼凫王带部族下山进入平原,柏灌残余势力败走,隐身山林。古蜀进入以吃肉为主要乐趣的渔猎经济时代。与此同时,以珍稀鱼肉干、兽皮等换取先进铁质武器也成为他们的主要商贸活动。

鱼凫在几百年的经营中,逐渐融合前两族,形成了早期蜀族。被神化为"人面鱼身"的鱼凫人将都城筑在温江城北15里处。几百年后（约为周初）的一天，在治水、捕鱼生活中过得优哉乐哉的鱼凫人，突然闻知居于云贵高原的杜宇率其部落向成都平原袭来，便组织人马仓皇应战，不敌后即向岷山兴族之地撤退，结果被杜宇在岷江出山口（今都江堰）追上，鱼凫战死于湔山，余部逃匿山中。

杜宇定都郫县。他的到来，结束了古蜀地的先王时代，并真正进入农业定居时代。杜宇原属朱提（今云南昭通）一带的一个濮人部落，入主平原称王前就是一个娶了崇州女"利"、与蜀国有联姻关系的山大王。

杜宇立国后，把疆域继续扩大，使其北达汉中，南抵青神，西至天全、芦山，东到嘉陵江。这一时期，蜀人生活相对安宁，不思迁徙，因此"作郫邑"，并布下了以农业经济为主脉的村社聚落网点。农业离不开水，但水少不得也多不得。因此，在让水顺河道流淌，各归其位，不致随时泛滥，盆底成都浮出水面露出天府肥土后，颇有治水心得的杜宇开始呼唤一位真正的治水高手的到来。

又过了一百多年（约为春秋早期），来自长江中游荆楚之地又一濮人部族、任相于杜宇王朝的鳖灵，在治水过程中得到蜀民的信任和拥戴后，发动政变推翻杜宇王朝，建立了开明王朝。这真是"成也萧何，败也萧何"。败者杜宇氏率一群侥幸得生的死党向岷江上游一带逃去。传说杜宇氏逃亡后，日夜盼望夺回王位，死后化为杜鹃鸟，每至农历三月就昼夜悲啼，直至泣血。杜宇又称望帝，鳖灵又称丛帝。

鳖灵先是定都广都（今双流），至开明五世时，方迁至成都。

古蜀族从岷江上游的高山峡谷地区，由西向东进入成都平原后，为了寻找理想的定居点，经过了漫长的努力。他们在平原上随畜群迁徙，居留之处成为集市，即以物易物的交易场所。

岷江大峡谷，笔者多次行走。站在谷底江边向上望去，陡峭的山坡似乎一块石头也放不稳，更别说让人群与它产生联系。笔者在爬山的过程中才惊讶地发现，其实每座山的每片斜坡都有一至三级阶地——这些平地足够用来置放部落和集市。

古代最初的市，称为里，早期建立在村社之间的牧野郊区，"因田制里"。每个村社的定居点称为邑，故邑里并称。郫邑东面有一古地叫"赤里"，是蜀族定居郫邑后，在邑外牧野处发展形成的一个交易市场。后来郫邑、广都先后受到洪水袭击日渐衰落，而赤里却越聚越大，"一年成聚，两年成邑，三年成都"。

赤里，一个小市场，最终扩大成了成都城。

鳖灵使蜀国练就了一身扎实的内功，"开明"二字成为蜀族农业进入开放、明智的高速发展轨道的标志。鳖灵治水最大的政绩是，初步凿穿了灌县宝瓶口，让岷江实现了首次分流，并直接启发了后世李冰，为李冰造就都江堰工程做出了硬件和软件的双重铺底。经济的滋养，使开明蜀国盛极一时，号为西南夷之长，疆域已"东接于巴，南接于越，北与秦分，四奄峨嶓。"（《华阳国志》）

那时，引发成都平原水患的是"两江两山"，即岷江、沱江和玉垒山、龙泉山。面对岷江，鳖灵"决玉垒山以除水害"后，为治沱江水患，又凿宽疏通了龙泉山"金堂峡口"，使盆内的积水终于寻到了自己的泄水口。

财富多肯定是好事，但多得让人眼羡得不行就可能是坏事了——对于第五代蜀王鳖灵开创的开明王朝来说就是如此。《史记》说，早在春秋初期时，蜀地的丝帛等商品已被商人大量贩运到秦国的故都雍（今陕西凤翔南）、新都栎阳（今陕西临潼）等主要城市。古蜀国至开明十二世时，大批量生产的优质丝帛及用丝帛换取的大金大银，在进一步打通蜀地至中原通道的同时，竟给自己带来了灭国之灾。

"取其地足以广国也，得其财足以富民，缮兵不伤众……"（《战国策·秦策》）这就是公元前316年秦国大将司马错向秦惠王呈述的伐蜀理由。同时，他更想处高而居，获拥岷江汹涌的水势，让战船竞发，顺水而下，先灭巴，再灭楚，平定六国，一举完成统一全国的大业。

蜀国融入中土大地后，秦汉时期的中央集权，先后为蜀郡派来了三个得力的"封疆大臣"：治城的蜀相张仪、治水的蜀守李冰、治学的蜀郡太守文翁。

秦并古蜀后，非常重视成都的建设与发展，成都成为秦王朝的军事堡垒和经济大后方。周赧王四年（前311）秋天，张仪、张若依龟迹仿咸阳城规制，始筑用作军事政治中心的大城，又在大城西侧筑"商贸中心"少城，同时为增加丝织品生产能力，在大、少二城之西南，筑了生产蜀锦蜀绣的锦官城。西汉时又筑了生产战车的车官城——它与锦官城隔河相望。

此时的锦官城和车官城，就像大城和少城外边的卫星城。"亚以少城，接乎其西。"（左思《蜀都赋》）少城是相对于大城的大而言的，即小城的意思，其东城墙根紧倚大城。在"移秦民万家实之"的行政动作下，大城中住进了秦地来的"国家公务员"，"少城"中除少量从秦地来的管理市场的"公务员"和豪商外，大多数为生产和经营蜀锦、蜀绣、漆器、铸铁、盐、银丝、竹编等产品的巴蜀本土商贾和手工业者。

与大城森严壁垒、一脸严肃的面孔不同，少城内各国各族商贾云集，游人熙攘，店肆林立，车水马龙，热闹无比。

张仪筑城五六十年后的一天，李冰走马上任。李冰任上，他最看不惯的是那些流动的透明液体要么白白流走，要么泛滥成灾。他决定把水驯服成一条家犬，让它忠诚无比地听从主人成都的吆喝，为成都服务千载万代。

出岷山峡口，岷江就奔腾到了灌县。面对滚滚南来的波涛，李冰的做法是，用一尖刀般的"鱼嘴"，并辅以百丈堤、金刚堤、飞沙堰、人字堤等"手术器具"，将岷江一剖为二。其一泥沙俱下，继续南去，称外江，系岷江主脉。其一清澈见底，向东边的成都城和川西平原流去，称内江，系岷江支脉。内、外两江于彭山境合流。

内江经离堆东侧过宝瓶口后，分成若干人工支流——它们像伸开五指的巨人手掌，以扇形之状"水指"川西平原。

对于成都城池，李冰最大的功劳是"穿二江成都之中""开成都两江，溉田万顷"。而放眼更广大的区域，自李冰始的"水旱从人"则让川西坝子成了真正的"天府之国"。

岷江是长江上游水量最大的一条支流。岷山、岷江一直被古人认为是长江的出处和源头，直到明代徐霞客才得出长江、黄河发源于昆仑山南、北这一正确结论。徐霞客游滇归来，作《溯江纪源》证实说：

按其发源，河自昆仑之北，江亦自昆仑之南，其远亦同也。……岷流入江，而未始为江源。正如渭流入河，而未始为黄河之源也。

从岷山流出的水流到了成都，冲出了成都；从成都流出的水，沿岷江冲出了彭山、眉山、青神、乐山、犍为、宜宾，沿沱江冲出了简阳、资阳、资中、内江、富顺、泸州。

至此，成都平原"水旱从人，不知饥馑，沃野千里，世号陆海"。至此，天府之国形成。

如此一来，"绵（竹县）与雒（县），各出稻稼，亩收三十斛，有至十五斛"。四川冶铁、井盐、丝织等工业发达。临邛的冶铁，贾滇蜀之民；用火井煮盐，以至豪民"家有盐泉之井"；纺织业更是"覆衣天下"。蜀布蜀锦、金银扣器等物远销国外，给西南各少数民族的贸易带来巨大的利润，也给工农业带来大量奴隶性质的劳动力——所谓"滇僰僮"。以"少城"为商业亮点，锦江环抱的成都至此成为西南各族贸易的中心。

筑城法则与为商铁律告诉我们，厘清了河流脉络，也就厘清了商业脉络；河流冲出城市的同时，也冲出了商市。

商市汹涌，商市中蜀商汹涌。商人随着商机走，商机顺着河流走，古今中外，概莫能外。

词条 锦官城

又名锦城、锦里。西汉时期，朝中就在成都设置专门监督织锦事宜的机构"锦官"，其衙署就在成都东南方的"流江"岸上。三国蜀汉建立后，诸葛亮恢复"锦官"，管理蜀锦的生产与调拨。诸葛亮治下的蜀汉时期，成都织锦手工业发达，被称为"蜀锦"的丝织品，是蜀汉对外贸易的主要商品，成为朝廷重要的贡赋来源和蜀汉政权财政收入的重要支柱。此时的成都，"阛阓之里，伎巧世家，百室离房，机杼相和"。蜀汉王朝专门设置锦官以管理蜀锦生产，并特别筑城以保护蜀锦的生产与专营，被称为锦官城，在今成都市西南郊南河（锦江）南岸。唐徐坚《初学记》卷27引任豫《益州记》："锦城在益州南，笮桥东，流江南岸，蜀时故锦官也。其处号锦里，城墉犹存。"后人用作成都的别称。唐杜甫《蜀相》诗："丞相祠堂何处寻？锦官城外柏森森。"南宋陆游《自合江亭涉江至赵园》诗："政为梅花忆两京，海棠又满锦官城。"

"迁虏"卓王孙的财富人生

城池筑牢、商业氛围浓郁后,仅仅沿着河流捕捉商机已让蜀地行商们过不了瘾了,这时,坐商出现。卓王孙就是一位商业网点半径很大,但却有根据地的坐商。

一般人眼里,卓王孙或许没有太大的名气,他的女儿卓文君名气可大多了,而女儿的名气,也是伴随着女婿司马相如的名气而来的。作为西汉大辞赋家,司马相如与卓文君私通的故事,一直为后人所津津乐道。

卓王孙堪称秦汉之际的一位知名蜀商。

卓王孙到底有多富呢?大家可以在一个耳熟能详的故事中略略感知。

临邛(今邛崃市)卓王孙、程郑两家常常摆酒备肉,高朋满座,二人常常为呼朋唤友的聚会由头伤脑筋。那是汉景帝时期,一天,卓王孙对程郑说:"县令有贵客,我来办个酒席,尽尽地主之谊吧。"卓王孙所言贵客,即因赋闲在家而被任职临邛县令的哥们儿王吉邀来小居的司马相如。

开席的时间到了,王县令也到了,百余宾客等得毛焦火辣也不见司马相如的影子。见几拨差人都未能请来相如,王县令只好亲自出马。相如一到,卓王孙即令开席。酒过三巡,大伙儿觥筹交错，酒酣耳热间，王县长独见口吃的相如言语无几，便走上前去，把琴放到相如面前说："吾闻长卿特别喜欢弹琴，盼高抬贵手弹奏一曲以助酒兴。"

相如的傲慢作态，依东家卓王孙的脾性早想发作，但鉴于地方官的面子，只好一忍再忍。

相如推辞一番后，便随便弹奏了一二曲子。后人为这首《凤求凰》的曲作词云：

凤兮凤兮归故乡，遨游四海求其凰。
时未遇兮无所将，何悟今夕升斯堂！
有艳淑女在闺房，室迩人遐毒我肠。
…………
有一美人兮，见之不忘。
一日不见兮，思之如狂。
凤飞翱翔兮，四海求凰……

这一弹不打紧，竟把在门后偷听琴音的卓家女儿卓文君弹得芳心大乱。卓文君才貌双全，通晓琴棋书画，十七岁许婚窦家，因未聘夫死，遂成新寡。

文君被"琴挑"后，连夜与相如私奔，离邛而去——中国第一对私奔的才子佳人，自此诞生。

卓王孙得知此事后，一张很滋润的脸气得发青："女至不材，我不忍杀，不分一钱也。"王县令、程郑等都来劝他消消气，建议他认了这桩婚事，再把些银子作嫁妆，但王孙心硬如铁、志坚似钢，一句也听不进去。

按说，女儿新寡在家，正需找一户合适的人家再行嫁出。这种时候出现一个司马相如，二人心有灵犀，你情我愿，是好事呀。更重要的是，这位"自投罗网"的不到30岁的"钻石王老五"，不仅是县令都敬重的贵宾，还是一位精于诗赋、擅长剑术、在宫廷做过武骑常侍、生得一表人才、因写《子虚赋》而名满天下的英才。

但是，此等条件的人不仅没能入卓王孙的眼，反而令其大为光火。我们可想而知，卓王孙财大气粗、势力飞扬到了何等地步。后来，家徒四壁、在成都混不下去的司马相如，又不得不跟着文君姑娘回到临邛，在泰山大人的眼皮底下刷碗抹桌，吆喝街人，当垆卖酒。

卓王孙实在看不下去了，仅仅为了一个面子，一出手就甩出了"僮百人，钱百万，及其嫁时衣被财物"的豪华版嫁妆，把女儿女婿打发到成都去过日子了。

看了这个中国最著名的私奔故事，我们再来看看卓家的财富生成之路——你可知道，创建卓氏"王朝"的老卓氏最初只不过是一个"迁虏"。

卓王孙的祖上是赵国（今河北）邯郸人。邯郸是当时著名的冶铁中心，卓家擅长冶铁并以冶铁致富，逐渐成为冶铁世家。

《华阳国志·蜀志》载"始皇克定六国，辄徙其豪侠于蜀"，"移秦民万家实之"。秦始皇灭掉齐、楚、燕、韩、赵、魏等六国后，决定把六国的豪族分流一些到"关中"定居。关中，是指函谷关以西的广大地区，战国末年，那里是秦国领地。而四川，早已归属秦地了。秦始皇这样做的目的有三，一是防止豪族参与当地遗民叛乱，二是让豪族处于自己的近距离监控之下，三是剥夺豪族既有财富归国家所有，削弱其势力，并让他们为发展秦地大本营经济提供智力和体力支持。

老卓氏夫妻率家小上路了，昔日的财富，被折算成了一只手推车、少许家什和基本盘缠。老卓氏被划定的迁居地是巴蜀，一同上路的还有其他富族。《史记》称这些移民为"迁虏"，由此看出，他们一路上是受到俘虏待遇、被强制迁徙的。

老卓氏手推车上装着全家人可怜的家什，一家人前拉后推，被难于上青天的蜀道和押解官吏的皮鞭折腾得汗流浃背，狼狈不堪。

那时，四川大部分地区基本上是蛮荒之地，尚待开发，沿途环境让"迁虏"们越走越心凉。于是，一些"迁虏"纷纷拿出自己有限的余财去贿赂押送他们的官吏，希望能把自己就近安置在看来比较发达、尚能被他们接受的地区——葭萌县（今广元市昭化区）境内。这事《史记·货殖列传》有载：

蜀卓氏之先，赵人也，用铁冶富。秦破赵，迁卓氏。卓氏见虏略，独夫妻推辇，行诣迁处。诸迁虏少有余财，争与吏，求近处，处葭萌。

生性刚烈的老卓氏不愿这样做。他不是舍不得掏贿赂——他是另有去处和打算。夜半，他对妻子说："此地狭薄。吾闻汶山之下，沃野，下有蹲鸱，至死不饥。民工于市，易贾。"（《史记》）同行者虽怀疑他宁愿去更远的临邛，一定蕴藏有什么商业秘密，但无奈双脚已不再听使唤了。

蜀道到底有多难？在这之前的前235年的迁川人群中，有一个被嬴政罢职流放的人走着走着就自杀了。这个人就是商人出身、后任秦相国的吕不韦。这个把政治当生意做、一不小心破产的冒险者，最终还是选择了一个不成功便成仁的决绝之路。

隔行如隔山，不熟的生意不做——老卓氏对此商规深信不疑。把目的地和兴族之地锁定临邛，其实是因为他把自己的生意锁定为冶铁了。

人们不禁会问，为什么是遥远的临邛？老卓氏哪来的底气？

与《史记》相对应的，《汉书·货殖传》对这个标志性人物，也有相应的介绍。只不过比《史记》给出的历史信息更为详细：

蜀卓氏之先，赵人也，用铁冶富。秦破赵，迁卓氏之蜀，夫妻推辇行。诸迁虏少有余财，急与吏，求近处，处葭萌。唯卓氏曰："此地狭薄。吾闻岷山之下沃野，下有蹲鸱，至死不饥。民工作布，易贾。"乃求远迁。致之临邛，大喜，即铁山鼓铸，运筹算，贾滇、蜀民，富至僮八百人，田池射猎之乐拟于人君。程郑，山东迁虏也，亦冶铸，贾魋结民，富埒卓氏。

蜀郡卓氏的祖先是赵国人，靠冶铁致富。秦国攻破赵国时，把卓氏流放到蜀郡，夫妻俩推着小车前往流放的地方。同行的流放犯人中，稍微有点余财，就争着送给管事的官吏，乞求迁徙到近一点的地方，被安置在葭萌县。只有卓氏家说："葭萌县地方狭小，土地贫瘠。我听说岷山脚下土地肥沃，出产大芋，有它充饥，老死也不会挨饿。那里的百姓很善于经商，做买卖方便。"于是他就要求流放到更远的地方。官吏把他家遣送到临邛，全家人非常高兴，就在有铁矿的山里开矿炼铁，铸造铁器，妥善筹划盘算，精心经营，和滇、蜀地区的人做买卖，富裕到家有奴仆八百人。平时钓鱼游猎，快乐得比得上国君。

程郑是从山东流放到西南地区的俘虏，也经营冶炼铸造业，把铁器卖给当地少数民族，富有和卓氏不相上下。

这里尤需一提的是，卓王孙那个时代的临邛，是与成都市相当的繁华大城市。秦始建成都城时，一共修筑了三座，即成都、广都和临邛，是谓三城拱卫，形成掎角之势，以防已灭的古蜀国开明王朝残余势力的反扑。

入川之前，经验十分老到的老卓氏，早已做过极深的功课，他对临邛有过全方位的研究，分别从资源富集、人力成本和商业前景进行研判，从而得出了自己的判断：

临邛冶铁原料资源富集。境内黏土层中有大量"大如蒜子"的卵石状菱铁矿石，有原始森林变生的燃料——木炭。"邛州出铁，烹炼利于竹炭，皆用牛车载以入城，予亲见之。"（陆游《老学庵笔记》）还有取之不尽的石灰石熔剂和黏土耐火材料。

临邛人力资源丰饶低廉。临邛邻近西南少数民族聚居区，有大量青壮适宜繁重的冶铁生产。这些劳动力不仅廉价，且食物的成本亦很低——当地有大量的"大竽"等野生食物可用来饱肚。

临邛商业口岸尚佳。秦灭巴蜀后，首先在蜀地成都、郫县和临邛筑了城池。城池坚而大，店肆林立。

（张）仪与（张）若城成都，周回十二里，高七丈；郫城周回七里，高六丈；临邛城周回六里，高五丈。造作下仓，上皆有屋，而置观楼射兰。

那时,民间的南方丝绸之路已开通,而临邛正处于这条黄金商道上。有城池及交通枢纽,就有了广袤的市场。卓氏牌铁器产品,不仅占尽巴蜀闹市,畅销附近少数民族地区,而且远销云贵边陲一带和南洋诸国,临邛的邛杖、蜀刀等更是驰名全国,后被张骞沿着丝绸之路带向世界各国——这是后话。

从前222年秦破赵迁川,至汉武帝一百余年来卓氏一族发展的业绩,《史记·货殖列传》作了如许描述:

致之临邛,大喜,即铁山鼓铸,运筹策,倾滇蜀之民,富至僮千人。田池射猎之乐,拟于人君。

这是说,老卓氏一见到临邛实情比自己想象的还要好,禁不住大喜过望。落脚后,卓家人一代一代重视科学发展,采用先进的鼓风冶炼技术,同时大抓市场营销策划,产品在蜀滇一带几近垄断。到卓王孙时事业达到巅峰,冶铁工场有劳工逾千人的规模。其田园水池游猎之乐的耍家作态,就是与当时的皇帝相比,也在伯仲之间。

这,就是一位商人独到的眼光与判断。

今天的邛崃市尚存卓王孙时冶铁遗址四处。笔者到其中的平乐镇禹王社区"铁屎坝"和附近骑龙山城皇岗南丝路段考察过,至今还能随手拾到炼铁遗留下来的炉渣疙瘩,土中也时常还能刨出一些粗劣的块状生铁——此与古籍映照,足以说明蜀卓氏炼铁生意何等红火。如今,在游人如织的平乐古镇老街,一王姓人家还开着一个百年铁匠铺。铺子里常年风箱呼呼、炉火熊熊、铁锤叮当,火星当街四溅。

其实，卓家后来的生意做到了富可敌国的地步，还有一个重要原因，那就是国家的介入。《华阳国志·蜀志》载：

有古石山，有石矿，大如蒜子，火烧合之，成流支铁，甚刚，因置铁官，有铁祖庙祠。汉文帝时，以铁铜赐侍郎邓通，通假民卓王孙，岁取千匹；故王孙赀累巨万，邓通钱亦尽天下。

这个邓通，就是我们将在第9章提到的那个"邓通钱"的主人。邓通也是蜀人，因为汉文帝刘恒的赏识，被赏赐了一座铜山令其铸钱。临邛卓氏在得知这一商业情报后，施以种种手段打通关节，终于获得邓通的信任和欢心。邓通把铁山交给乡党卓氏使用开采，自己从中每年收取一千匹布作为租金。

由此，卓家财富疯狂飙升。

汉文帝死后，到汉景帝时，邓通失宠。已经富甲一方的卓氏集团，则是轻舟已过万重山了。

由此，也才会有卓王孙得知女儿与司马相如私奔后气得发青的那张脸。到后来，当司马相如乘驷马高车荣归故里时，他又瞬间转而变为大喜过望的一张脸了。

那，是一张真正商人的脸。

宋代时期出现的落花流水锦，是成都织锦艺人对唐代李白诗句"桃花流水窅然去，别有天地非人间"加以艺术创造而织成的。落花流水锦色彩丰富、图案多姿，营造出优美的意境。散落的梅花、桃花等花朵，漂浮在水面的波纹上，构成别有风韵的艺术意境。这种图案，元明时期已流行全国，特别是到了明代，广泛应用于各种装饰艺术中。除织锦外，其在陶瓷、镜纹、匣盒装潢、书画装裱等工艺美术上都有广泛应用。宋代时期出现的灯笼锦，因以金线织成灯笼形状的锦纹而得名，又名"庆丰年锦"或"天下乐锦"。纹样以灯笼为主体，饰以流苏和蜜蜂。流苏一般是谷穗的变形图案，代表"五谷"。蜜蜂的"蜂"、灯笼的"灯"分别与"丰""登"是谐音，这样便联成"五谷丰登"的吉祥语。灯笼锦极为明艳华贵，是蜀锦中有名的传统纹样之一。

词条　蜀中名锦

成都"首街"变迁史

成都籍著名作家李劼人在其名著《死水微澜》中说:"南北两门相距九里三分的成都城内,东大街真可称为首街。"

2024年是春熙路建成百年的时间,在成都还没有春熙路的时候,东大街就声名显赫了。

从古至今,在不同的历史阶段,东大街都呈现了自己的东之美、大之美、街之美。它一度成为财富的代名词,很长一段时间内都是成都淌金流银的"首街"。

就连小学生在写有关东大街的说明文时,都惯引用《死水微澜》中的一段描述:

这因为东大街是成都顶富庶的街道,凡是大绸缎铺,大匹头铺,大首饰铺,大皮货铺,以及各字号,以及贩卖苏、广杂货的水客,全都在东大街。

留学法国、学贯中西、德高望重、博览天下、离世于1962年的李劼人一语中的、一锤定音,东大街自此有"首街"之称。

清末民初这个经济活跃的时期,东大街集结了成都八成以上的钱庄、票号、捐号、银号、银行。生于同治四年(1865)的周询,是一个极有耐心、爱思询的细致人,记事记物徐徐道来。这位光绪年间的举人、游宦四川的学者却十分肯定:"银号多在东大街、新街。"东大街不仅经营银子,还生产银子。于是,相继任成都、重庆中国银行经理的周询,在《芙蓉话旧录》中道:"机器局在城东……银圆局在机器局间壁,专司铸造银、铜元。"

不仅如此,傅崇矩在《成都通览》也同样呼应此说,称当年东大街上的金铺枝繁叶茂,并细数那些金主:上中东大街的张兴隆金、师新懋和、姜亨盛公、王公顺同,城守东大街的韩一心成、李天成亨、肖洪顺合分号洪顺金,中东大街的高同信源,北打金街的江公盛亨,科甲巷的高全兴隆、张新发金等都是东大街上有名的金号。当年著名的万钰银楼,就设在西中东大街上,乃成都银器业开设较早、较大者。

当年成都城全部的苏广洋货贸易,可以说几乎都在东大街一线上,如西东大街的公泰字号、元利生号、马裕隆号,中东大街的章洪源号,暑袜街的正大裕号,科甲巷的从仁祥号等。这里提到的苏广洋货,只是一个概称,它们的种类多达数百种。

清末,市民如想做刀具、打剪子,一般都去东大街附近。如城守街的廖广东、董江西,暑袜街的照世茂公、赵德明,交子街的杜炳兰、陈两仪、戴恒义、喻树山等,计有刀剪店二十一家。

《成都通览》还告诉我们,全成都,东大街的铺面租金是最贵的。"东大街、城守街、学道街、青石桥、总府街等处之铺面,租金甚贵。"

东大街有"首街"的称谓,主要应该得益于它的口岸。明、清两代甚至更早的唐代,都在下东大街尽头设立有成都东面唯一的城门,省城的水、旱两路都在东大街延伸出去的城东南方集结。继而东大街成了入城之后最方便上货、卸货、售卖的地方，沿街居民出城通畅，买木柴、挑河水都很应手。加之总督部堂、大慈寺、府城隍庙以及外东的名胜景致都在这一线上，这就使得它的凝聚力更加突出了。

我们再来看看《成都通览》的说法：

棉花街、青石桥之店有弹唱者，夜间入店，以备旅客消闷。惟东大街之客店，不准弹唱，因恐扰及商家生意也。

这里的一切，都得给"生意"让路，包括音乐、娱乐与女人。东大街真的有些绝"情"。

从现存的文献来看，东大街的商贸发展、发达继而带动整街繁茂达到鼎盛的时间应始于19世纪中叶。清末资料载，外来百货到达成都后均要设立发售所，就像我们今天做商品生意所需的批发与零售点一样，只不过那时的产、销可能常是一个老板。

东大街辐射带上的"发售所"凡十数家，算得上是很集中的商贸街市。文献记载说，外地人到成都来，只看见成都各个街道卖货之多，参杂不一，反而不知所措，不知该从哪里着手购置。从晚清文献来看，当年在东大街上的货品有京货、苏广洋货、云南货、佛金及金银箔、帽铺、下江绸缎、湖绉绸缎洋布铺、草纸帮、珠子颜色、扇子铺、香粉铺、耳扫耳瓢、竹挑箱、绸子、碗铺、柴、猪肉市、赤金铺等。

热捧和浮华导致街铺金贵，这让眼界开阔的傅崇矩都觉得"租金甚贵"。晚清东大街的繁华持续而稳定。《芙蓉话旧录》记载："公馆、杂院租金，多按月交纳，铺面则多按季或按年交者。"有清一代，入驻东大街及其附近的商帮店铺大大小小竟达数十个之多：栏杆帮、骨董玉帮、绸缎帮、钱店帮、典当帮、京货帮……东大街就是在这样的岁月中，不断凝聚四川全省各行各业的佼佼者，乃至苏杭豪商都在这里安家落户。

人们不禁会问，东大街何时修来的这般富贵？

成都东大街到底始建于何时？无考。此东大街之前，大城、少城内，锦官城、车官城内，是否还存在过彼东大街？无考。据多种史料证实，东大街的勃兴，源于唐代。

其源头，就在唐玄宗那里。唐玄宗避难入蜀，题词于东郊大慈寺。贞元元年（785），韦皋任西川节度使，自西北引内江水入城，凿解玉溪，经城中斜向东南至大慈寺前，于东郭附近仍入于内江。使得东南郊江水环绕，更为热闹。

这个时代，东大街地块已见"热闹"，可见已成市井。

据《资治通鉴》记载，僖宗乾符"三年（876），西川节度使高骈筑成都罗城。……周二十五里"。剑南西川节度使高骈于乾符二年（875）正月上任，第二年便上表请广筑罗城。于是，为抵御南诏入侵以及适应经济发展，成都城进行了一次大规模的增扩，筑建了罗城。

罗城因环绕秦隋旧城而建，故后来称其为大城。罗城的兴建，进一步说明城东的街巷建筑已成规模，自成格局。马可·波罗在他的《游记》里写道："城的周围有二十英里。"这样算来，恰是成都建罗城后的规模。

至此，从成都大城的东门经大慈寺出罗城大东门一线，因蜀地少有战乱，生产发展，街路始有干道气象——东大街就此形成。

到宋代，东大街已经有繁华的夜市，是成都城最热闹的街道。南宋祝穆所撰的《方舆胜览》记载："每岁七月七日，蜀人登大慈寺前雪景楼观夜市。"对这一情景描绘的还有《岁华纪丽谱》："（正月）十四、十五、十六三日，皆早宴大慈寺，晚宴五门楼。"成都人都知道，大慈寺距东大街仅一步之遥。

明代《天启成都府图》的绘制，将东大街全貌从地上搬在了纸版上。图中可看出，从蜀王府东侧的长使司起，经按察司、提学道、察院、税课司、大慈寺，最后到达迎晖门，全长按比例约为当时成都城垣圆周的半径——这是笔者对历史上的东大街最早最直观的印象。据《明史·李文忠传》记载，李文忠于洪武四年（1371）秋入蜀，修筑成都新城，奠定了成都城几百年的格局。后来，虽经明末清初兵燹战乱屠毁，清代成都城的重修到底还是延续了明城的底盘和规制。

明代成都城的中心地带，还有一座蜀王府，俗称"皇城"。其萧墙设四门：东门体仁门，西门遵义门，南门端礼门，北门广智门。2009年春天，一群建筑工人在东大街西始点盐市口施工挖掘，却从地下发掘出了一座汉代廊桥（俗称风雨桥）。由此看来，文献所说的皇城至东门府河一线有舟楫荡波，并非谵言——微黄的文献，再一次被扑满泥土的文物所佐证。

有清一代，"湖广填四川"后的成都城，发展空前，街巷林立，商贸发达。古老的东大街，因勾连东城门外交通重地——东大路起点和锦江水码头，再次焕发了初阳的生机。街上人流之多、物流之大，吸引了众多商家聚此经营。豪商买街铺，中产阶级租街铺，小本生意的搭摊设点于街角巷侧，人气商气可谓鼎沛。清同治、光绪时，由上、城守、中、下各段组成的东大街已是名震蜀中，声噪华夏。

时间到了清末。来到成都的日本人山川早水在《蜀都旧影》中回忆：

被城墙包围的市区，因地域有限，街区大都很狭窄。作为清朝西部的一座大城、蜀汉故都的成都，也不例外。

然而，在成都城内排名第一的东大街却足有十七八公尺之宽，其他各大街也不逊色。同不能两轿并行的上海城内的街道比，真是不可同日而语，我去过的城市中，还未见过像成都这样的城市。

至于上面说到的东大街，其长度虽不过几百公尺，但商店宽敞，高高的屋檐有漂亮的橱窗。檐头所挂的招牌，长短参差，金碧炫目。

试借用《蜀都赋》之句来形容，即"金铺交映，玉题相辉，比屋连甍，既丽且崇。"而且其整洁远在北京之上……与东京相似。

在山川早水眼里，这条比北京、上海的大街都大的成都东大街，自是中国首街无疑。

周询，字宜甫，贵州麻江人，在四川为官时，对省城成都的城事颇感兴趣，以至于将笔记成都见闻当作了自己的业余爱好。官多得一大把，谁记得周询呢？可因为有了这个业余爱好，我们记住了周询，成都记住了周询。

话说周询进得成都城，兜着大城、满城走了几圈，一路打听、估测丈量后，就在他的《芙蓉话旧录》中记载，清末未改筑马路时,全城四门及附郭街道,大小五百多条,其中街面最宽者为东大街,宽约三丈。其次才是南大街、北大街、总府街、文庙前后街等二丈宽的街道,剩下的大多连二丈都不到。

三丈,不可逾越的格。东大街之宽在当时独领风骚,足见"大街"气象。

从成都城中至东门一线,明代时已构成了最初意义上的东大街。按照由西向东的顺序,东大街是从盐市口东御街东口算起的。经西东大街、西中东大街、城守东大街、上中东大街、中东大街,一直到下东大街,加上前边的盐市口,东大街由七段构成,全长1600余米。东大街的七段设计显然是以适应当年的步行速度、商贸规模、城区限制、人口流量等为准则的。

李劼人是热爱东大街的,他在其文学作品中,经常大段大段地把文字献给东大街,下面的这段文字,应该是20世纪50年代东大街的镜像:

从进东门城门洞起,一段,叫下东大街,还不算好,再向西去一段,叫中东大街、城守东大街和上东大街,足有二里多长,那就显出它的富丽来了:所有各铺户的铺板门坊,以及檐下卷棚,全是黑漆推光;铺面哩,又高、又大、又深,并且整齐干净;招牌哩,全是黑漆金字,很光华,很灿烂。……街面也宽,据说足以并排走四乘八人大轿。街面全铺着红砂石板,并且没有一块破碎了而不即更换的。(李劼人《死水微澜》)

当日历翻到2002年时,在时代的不断敦促下,东大街的彻底改造轰然上演……2009年的东大街上,老东门、老城墙、老铺面早已无存。府河两岸碧草茵茵，曾经的城外护城河已成一环路内的城内河。改造后，过去的东大街全街现在只算作新东大街的其中三段。过东门大桥后向东，过一环路东四段上锦东路，直至二环路东四段，过二环路再向东就是新修不久的东延线——全长2500米的"东大路"。

一路向东，过沙河堡，上三环路航天立交，穿过了拥挤逼仄的城市，当"东大街"变成"东大路"之后，才显现出它的大气与伟岸来。

历史学家蓝勇考证，东大路定型于明初，初时多以"东南路""川东路""东路"相称。"东大路"之名形成于清末民初，经龙泉，翻龙泉山，过山泉、简阳、资阳……直至重庆朝天门码头，看帆影。它有联系两极、浅丘农业、丰沛水利、通江达海、界邻盐都等自然、人文优势，是四川盆地第一路，客观上形成"东大路经济带"。

蓝勇心中的"东大路"及其"东大路经济带"超越了我们很多人的想象，已经跟"成渝双城经济圈"的战略考量无缝对接了。

显然，这已经超出了我们谈论的"首街"的范畴。

词条 东大路

全程 800 多华里，沿途设有 5 驿、4 镇、3 街、72 场，共 10 站路程。5 驿为龙泉驿、南津驿、双凤驿、来凤驿、白市驿；4 镇为太平镇、李市镇、榨木镇、银山镇；3 街为迎祥街、史家街、杨家街。这条主要干道的沿途，食宿服务业十分兴旺，尤其是场镇、驿、铺所在地，客栈、饭馆、酒馆、茶馆格外集中。场镇之间距离 15 华里左右，步行约需 2 小时，挑担子得走小半天。如果从重庆出发，按道路走向，这条古道本应命名为西大路，但因四川省省会在成都，故命名为东大路。东大路的具体线路是：从重庆渝中区三圣殿（今凯旋路）起，出通远门，经兴隆街、盐锅骑石（今枇杷山）、两路口、遗爱祠、浮图关、石桥铺、二郎关、白市驿、走马岗，到璧山来凤驿。继续经马坊、永川县，途经双石到大足县的邮亭铺，西进荣昌，过石燕而达隆昌县。再经内江、资中、资阳、简阳等县到达成都。此路本是古代驿道干线，历代官府在沿途均设有铺和驿，铺有铺丁，驿有驿臣，骑马送公文、传政令、递邮件。直到民国初期，成都到重庆的陆路交通，一直由东大路承担。东大路上有商人，有行人，最辛苦的是下力人，他们承担了繁重的货运和客运。1933 年，耗时 7 年的成渝公路修通，使相距 300 多公里的成都、重庆两座城市，一天内可以到达。改革开放以来，成渝两地有了高速公路和高铁，一两个小时就可互相通达。

残书中若隐若现的蜀商背影

曾经有个"中国古代十大富豪"群英谱——子贡、范蠡、白圭、吕不韦、桑弘羊、邓通、卓王孙、石崇、蒲寿庚、胡雪岩。十席中,蜀商占了两席。"十大"之外的候选者,还有猗顿、程郑、计然、寡妇清、董贤、元琛、王元宝、沈万三、伍秉鉴……商人是商业的主体——没有商人,何来商业?虽则如斯,自古以来,商人的地位一直很低。

只有宋代是个例外。全国经济重心南移背景下的宋代,长江上游的川峡地区和长江下游的江淮地区发展速度最快,在全国经济格局中占据着愈加显著的地位,逐渐进入稳定发展的新时期,而四川作为宋代人力资源最丰富的地区,更是全国财政收入的重要来源地。有知名学者以险、远、富、要四个精准的关键词,来形容宋代时期的四川。不可否认,由于战略地位的重要,南宋在四川设立制置使,统一管理川峡四路。成都为四川首府,地位之高自然无须多言,朝廷给予成都知府"便宜行事"的特权,"不与天下州府同"便是出于此。

宋人曾将吴蜀并称以代表中国最发达的地区,文天祥也著文说:"蜀自秦以来,更千余年无大兵革,至于本朝,侈繁巨丽,遂甲于天下。"作为全国首批24座历史文化名城之一,成都自古便是因商而立，其商业贸易最早可追溯至先秦时期，但真正达到鼎盛，还是在宋代。

管仲为各身份人等排定尊卑高低、等级次序前，"古者有四民：有士民、有商民、有农民、有工民"（《春秋穀梁传》）。自从这位有过经商经历、被誉为"春秋第一相"的齐国政治家说了"士农工商四民者，国之石民也"（《管子·小匡》）后，商人的地位虽各朝各代各地时有小变，但大体上或基本上都身处末位。

但管仲还说了，"四民"是国家的砥石，士农工商缺一不可。古代"四民"中处于第一等的士阶层指的是仕途中人、文士和武士。其后的等级依次为农民、手工业者和商人。

秦朝时，为了进一步阐述限制粮食商业流通的必要性，《商君书》第四篇《去强》中强调了放纵商人买卖粮食的危害：

粟生而金死，粟死而金生。本物贱，事者众，买者少，农困而奸劝，其兵弱，国必削至亡。金一两生于竟内，粟十二石死于竟外；粟十二石生于竟内，金一两死于竟外。国好生金于竟内，则金粟两死，仓府两虚，国弱；国好生粟于竟内，则金粟两生，仓府两实，国强。

当然，在《去强》篇中，嬴渠梁、公孙鞅也承认商人与农民、官吏（贵族阶层）一样，是国家的重要组成部分："农、商、官三者，国之常官也。"只是商人如果数量太多，便会影响农业生产甚至导致贵族阶层破产："农少、商多，贵人贫、商贫、农贫，三官贫，必削。"

有趣的是，在《商君书》第九篇《错法》中，秦国对商人阶层的态度有了极大的改变，不仅认定商人阶层通过市场获利是正当行为，甚至鼓励秦国民众投身市场以获取利益。

联系到《错法》篇中出现了"乌获举千钧之重，而不能以多力易人"的比喻，因此，这篇文章的时代背景，可能是秦武王执政中后期至秦昭襄王执政初期。此时的秦国经过了秦惠文王时期的积累和发展，借助名臣张仪的"连横破合纵"之策，已然打开了东出的大门。所以秦国鼓励本国商人进入关东攫取商业利益，以期达到"明主者用非其有，使非其民"的目的。

正是得益于和关东诸国通商，秦国很快便积累了大量的财货。是以，在据推测成文于秦昭襄王执政中期的《商君书》第十一篇《立本》中，秦国君臣可以骄傲宣布，秦军之所以所向披靡就是因为"治行则货积，货积则赏能重矣"。这一时期，发达的商业也不再被视为洪水猛兽，秦国甚至出现了"强者必治，治者必强；富者必治，治者必富；强者必富，富者必强"的嚣张论调。

正因为商人在强势话语权和公共话语权中位居末等，所以哪怕商人特别优秀，特别忠孝节义，也很难在那些由统治者掌控的史书中和民间文人的笔下留下自己的清晰面容。

就算入书，商人也多是以一些出格行为或偶发事件出场的，如欺行霸市、豪横、奢华、行贿、斗富、资助结交权贵、走私等。还有一些是因"拔出萝卜带出泥"出场的，如子贡、范蠡、管仲、吕不韦、桑弘羊——他们商人身份的曝光，很大程度上是由于非商人身份的作为。《太史公自序》曰：

布衣匹夫之人，不害于政，不妨百姓，取与于时而息财富，智者有采焉。作《货殖列传》。

为保证入书内容的干净，司马迁一再声称，他在《货殖列传》中所描述的郭纵、乌氏倮、卓氏、程郑、孔氏、曹邴氏等十几位富商，均属于"贤人所以富者"，而"皆非有爵邑奉禄弄法犯奸而富"，但实际也并非如此。

一鳞片甲、吞吞吐吐、语焉不详……现在，我们来看看在残书中若隐若现的蜀商背影。

蚕丛、柏灌、鱼凫、杜宇、鳖灵，他们既是王者，是族群，是一段时间的文化符号与遥远记忆，也是他们那个时代的蜀商名号。北宋蜀人黄休复在《茅亭客话》中对蚕丛的从商经历有过记叙：

蜀有蚕市。每年正月至三月，州城及属县循环一十五处。耆旧相传：古蚕丛氏为蜀主，民无定居，随蚕丛所在致市居。此其遗风。

《汉书·货殖传》记载了一个叫罗裒的成都商人，靠着蜀人精明的头脑，纯熟地"玩"起了资本，并且成为巨富。

程、卓既衰，至成、哀间，成都罗裒訾至巨万。初，裒贾京师，随身数十百万，为平陵石氏持钱。其人强力。石氏訾次如、苴，亲信，厚资遣之，令往来巴、蜀，数年间致千余万。裒举其半赂遗曲阳、定陵侯，依其权力，赊贷郡国，人莫敢负。擅盐井之利，期年所得自倍，遂殖其货。

史书上，关于罗裒留下来的信息不多，仅上述文字最为详尽。让我们循着这些文字信息，勾勒出罗裒的商业之道。

裒，一个很深奥的字，意为"聚集"。罗裒像他的名字一样，善于聚集。

罗裒本是成都的小商人，年轻时靠做买卖赚了一百万钱。靠着这一百万钱，罗裒的眼光盯上了京师长安。怀揣一百万钱，独自走进陌生的京城，做出了他一生中最重要的决定——给平陵大商人石氏当"理财"，也就是做借财生财的生意。他没有去找平陵势力最大的如氏和苴氏，因为如果一个人钱多到不用再理的地步，也不会找一个专门的"经理人"去打理了。

石氏不一样，赶超如氏和苴氏的雄心，一直驱动着这个家族不断探索，因而罗裒很容易得到重用。经过罗裒小试牛刀的几笔成功案例，石氏对罗裒彻底信任，于是，拿出巨额的本钱给罗裒操盘，任由他往返于长安和成都之间。

罗裒出色的智商和情商，让他可以十分精准地把握商场上每一个机遇。几年间，罗裒凭借自己超强的判断力，积攒下一千多万钱后，又决定在另一个台阶上"玩资本"了。他结识了两个更为显赫的人物——红阳侯王立、定陵侯淳于长。

此二人可是手眼通天的人物。红阳侯王立，汉成帝生母皇太后王政君及成帝大将军王凤的六弟，正宗的皇亲国戚；定陵侯淳于长凭借太后王政君的外甥身份，起家黄门郎。大将军王凤病重时，用心侍疾，后位列九卿。支持赵飞燕成为皇后，赐爵关内侯，后册封定陵县侯。

罗裒心里清楚,要做大买卖,就得大手笔。他十分大方地将自己财产的一半奉献给两位他眼里最大的金主。继而,罗裒开始了一个全新的行业:放贷。放贷最大的风险就是借款人赖账,但有王立和淳于长的撑腰,谁敢赖账?况且,他们的客户比较特殊,贷给各郡国,官方贷款,跑不了,有王立和淳于长在,赖不了。可以想象,罗裒照样赚得盆满钵满。

后来,罗裒又看中了一个行业:井盐。井盐经营有两大特点:一是投资巨大,一般小商人玩不起;二是国家专营,垄断行业。这两大门槛令一般人望而却步。巴蜀是井盐矿藏最丰富的地区,罗裒上下其手,垄断了巴蜀井盐的经营,白花花的盐巴变成白花花的银子,源源不断流进罗裒家。

罗裒究竟靠井盐开采赚了多少钱,无法考证,史书用了一个很笼统的数字——"巨万"。

罗裒是在蜀中巨商卓王孙、程郑衰落之后,涌现出来的一个典型。"程、卓既衰,至成、哀间,成都罗裒訾至巨万。"他的经营方向和经营策略跟前二人也不一样,程、卓靠实业发家,自然速度较慢,而罗裒纯属"玩资本",那个时候的"放贷"就相当于今天的"银行家"。要知道,那是两千多年前的汉代,对于很多人来说,这样的"空手道"想想都心里没底,何况罗裒"玩"得如此得心应手。

不难看出,早在汉代就已经出现了金融资本,足见当时成都商业的繁荣程度。

奇怪的是,罗裒这个人除了《汉书·货殖传》百余字的记载外,后来如人间蒸发一般,再没有任何痕迹了。按理说,这样一个富豪,应该会留下一些蛛丝马迹的,但却给后人一个难解之谜。

其实也不难理解,历史上看似开明的汉武帝对那些巨商非常反感,认为他们虽然如此有钱,却对国家没什么用,因为他们"不佐国家之急,黎民重困",指责他们不帮助国家的急难,导致黎民百姓陷于重困之中。

不得不承认的是,尽管天地广大,人文浩瀚,各界英雄层峦叠嶂、挟江裹海,几千年下来,有名有姓的蜀商却是稀薄如斯、模糊如斯——像雾霭深处的谜团。

这一点几乎成了一个普遍规律,哪怕是经济如此繁荣的宋代也如此。宋代的经济繁荣程度可谓前所未有,农业、印刷业、造纸业、丝织业、制瓷业均有重大发展。历史学家黄仁宇在《中国大历史》中说:

公元960年宋代兴起,中国好像进入了现代,一种物质文化由此展开。……在11、12世纪内,中国大城市里的生活程度可以与世界上任何其他城市比较而无逊色。

从唐代到五代十国的前后蜀,再到宋代,蜀地的繁华经久不衰。有一个重要的参照指标,就是集市的数量。北宋东京(开封)有竹竿市,南宋临安(杭州)有药市、肉市、菜市、花市等,绍兴府也有九个主题市,对比而言,成都的"十二月市"主题集市是最多的,也是最全面的。

每家店都是成都的"毛细血管",生命力经久不衰。十二月市,不仅为成都及附近的人们提供了交换商品的场所,还招揽了一大批商人前来从事商业贸易。这些商人既有中小商贩,也有富甲一方、"经年储百货,有意享千金"的巨商,商业贸易的繁荣，折射出蜀中之富庶。

这种商业的繁盛还导致商品交易由白天延伸至夜晚，夜市便孕育而生，"锦江夜市连三鼓，石室书斋彻五更"。甚至许多交易场所的夜市自暮及晓，不受时间、区域限制，反映了成都夜市商品交易盛况。从某种程度上说，当时的成都已经是夜间经济的龙头城市了。

漫步在纵横交错的铺砖道路上，目睹或浅或深的车辙和琳琅满目的商品，听见仿佛永不停歇的吆喝与鼎沸的人声，足以看出宋代"十二月市"比肩接踵、灯红酒绿的繁荣景象。大家都知道《清明上河图》画的是东京汴梁，但成都的生活一定也不遑多让。

成都人活得诗意优雅，又烟火气十足。无事读书品茶，闲雅自在；与友共饮赋诗，随心随性；抚琴弈棋、焚香小憩、寄情山水……如此美妙的生活画卷让人不禁心生向往。今天的人们不禁会好奇，一千多年前，北宋不同阶层的人消费状况如何？杨津涛先生分别从衣食住行四个方面，帮我们算了一笔账：

衣服比较贵。宋仁宗时期，大臣丁度曾说，有强盗在东京郊外杀人，抢走的一件"弊衣"就值"数百钱"，那稍微像样点的衣服，没有一两贯肯定买不到。

吃饭相对便宜。张昇、程戬落第后，在离东京不远处的朱仙镇，两人摸遍全身，凑得"数十钱"，买了点不带荤腥的"汤饼"，说明几十文还够两个人吃顿主食。

住更不便宜。宋神宗元丰年间，东京出于城市建设需要，折了130户人家的民房，总计赔偿"二万二千六百余缗"，平均下来，每户能拿到173贯左右。换句话说，东京一个百姓要不吃不喝地连续打拼四年，才能买到一个住所。

行就容易了，老百姓全靠两条腿，有钱人出门可以"打个车"——日本和尚成寻在杭州雇过一顶轿子，走了不长一段路，支付给两名轿夫各50文。（杨津涛《铜钱"交子"里的市井》）

这只是芸芸大众的基本开销，当然不包括高消费。北宋大臣张方平托人帮忙雇用女仆，"女仆随身衣装，自直百千"，一套比较好的女装竟然要100贯。另，买官也一直或明或暗存在，北宋中期花6000贯就能买县中的主簿、县尉。杨津涛先生透露，这种从九品小官的月俸是6—8贯，以及一些绢和棉。官职"售价"这么高，薪俸又这么少，这些买官人上任后，当然要通过盘剥来"收回成本"了。

可即或如此，宋代的成都，仍没能贡献出几个有名有姓的商人。

词条 成都锦院

宋代以前，成都并无官办丝织工场，政府岁入绫锦，全部由民间织造。为保证绫锦上供，宋神宗元丰六年（1083），成都知府吕大防开办官营丝织工场——成都锦院。南宋时期，朝廷以蜀锦向少数民族换取战马。为保障蜀锦织造，又于建炎三年（1129）在成都设立茶马司锦院。乾道四年（1168），茶马司锦院并入成都锦院，成都锦院的规模迅速扩大。据载，成都锦院拥有房屋127间、织机154张，工匠近600名，每年向皇室上供14000匹蜀锦，这些上供的蜀锦成为文武官员制作锦服的首选原料。据《宋会要辑稿·食货》记载，北宋乾德五年（967）至南宋乾道八年（1172），成都府路每年上贡的绫占全国总数的13%，上贡的纱、縠、隔织等占全国总数的20%，上贡的杂色匹帛占全国总数的60%，上贡的锦、绮、鹿胎、透背等高级丝织品占全国总数的74%。当时，成都地区的丝织生产"连甍比室，运篾弄杼，燃膏继昼，幼艾竭作，以供四方之服玩"。陆游有诗云"锦机玉功不知数，深夜穷巷闻吹笙"，充分反映了成都织锦的盛况。

两个貌似蜀商的成都人

一座城市必须记住一些人,尤其是对自己有过重大帮助、推动和贡献的人,这是一座城市的文明。对于成都,周善培、樊孔周就是这样两个人。

这两个人皆与成都有关联,甚至与中国的一些重大事件和重要人物也产生过或轻或重的关联。他们本身也有关联。在办劝业会、建劝业场期间,精通易经八卦的周善培与樊孔周极为有缘。"樊孔周——周善培",一个首尾相扣、前拉后推、紧紧相连的"周"缘,让二人互相支撑、双双受益。

在一个时代,二"周"在成都闹了很大的动静。

先说周善培。

成都的现代商业,发轫于周善培执掌的劝业道。

官办者资本较丰,而管理员半无学问。商办者资本不裕,而经营者时现恐慌。故成都之机器工业,尚在幼稚时代也。民有发起,而官乏提倡。官有成立,而民少组合。官民之情不通,发达之机自滞也。今者劝业道已设矣,窃为四川前途幸。(傅崇矩《成都通览》)

新政时的成都，是周善培大有作为的舞台，人们多以五字概括其新政举措，即"娼、场、厂、唱、察"。其余四字先按下不表，专就一个"场"字分析一下周善培的商业理念。

"场"是光绪三十三年（1907）周善培调任商矿工局和劝业道后所为，指兴建劝业场。作为先后履职清末四川警察和工商部门的"一把手"，周善培介入了成都"新政"的方方面面：造币厂、兵工厂、铁路公司、轮船公司、警察总局、劝工总局、总商会、新式商场、邮局以及领事馆、洋务局与交涉署。

周善培初入手的成都商业，是怎样一种现状呢？《成都通览》所载的"成都之商办公司"给我们勾勒道：

成都商业不发达，商人无学，商界不允，商情涣散，不知何以为商德，更不知何以名公司。予于戊戌夏间，撰有《劝蜀商急宜立公司以保利权说》，凡一万余言，刊入《蜀报》中，实欲鼓吹商界，耸动商情也。自商务局成立，直至沈总办又岚时代，商界始放一线光明，至本年周总办孝怀（即周善培）时代，商界遂大开生面矣。

周善培原籍浙江诸暨县，1875年生于四川营山县县署，当时其父周渭东任该县知县。19岁时，周善培回原籍浙江科考，屈中副贡生。三年后，再赴北京乡试，因文章超长违规，仍居副贡生。考官惜其才，将他的四篇文章均作为范文"闱墨选刻"。他写的思辨文章大倡变法维新，名噪一时，并因此结识梁启超、谭嗣同、刘光第、陈三立、黄遵宪等名流。

1898年，湖南学使徐仁铸举荐周善培赴京入学。周善培因此目睹并部分参与了戊戌变法。他与"戊戌六君子"中的川人刘光第、杨锐交谊最深，与康有为、梁启超等时有往来。

四川省政府参事乔诚著文说，周早年师从刘光第，在刘被押赴刑场途中，曾冒险私递"鹤顶红"与刘，希其自尽解脱，刘推开说"读书数十年，惟今日用之耳"，慷慨就义，意欲唤醒国人。

刘光第赏识周善培的博学多才，曾拟聘为两个儿子的家庭教师。刘殉难后，周善培到刘老家富顺县赵化镇探视过刘夫人一家。

康、梁亡命海外期间，1899年秋，周奉四川总督奎俊之命赴日本考察学务，与梁启超经常往横滨《清议报》报馆叙旧。周认为推行新政"大要首在学校"。

梁启超赞周善培为"四川一豪杰"，先后两次修书向孙中山推介。孙中山后设专宴与之叙谊，同桌作陪者有胡汉民、廖仲恺、戴季陶等。可以看出周的影响力之大。

1899年至1918年间，周曾七次赴东瀛考察。1907年任四川商矿工局总办，翌年任四川省劝业道总办。三年后，总督赵尔巽离任外调东三省前，委任周善培主理四川臬台（提刑按察司使）。

周善培开办过川江轮船公司——比卢作孚的民生公司早十七年。1906年，倡办成都历史上第一家彩票局；1911年，周善培与驻防成都的玉昆将军，将"满城"改建成四川省首座公园少城公园（今人民公园），对市民开放。

流沙河先生说成都的黄包车还是周善培引进的。清末成都的交通工具多为轿子、鸡公车之类，周从上海引进仿东洋的人力车。

达则兼济天下，穷则独善其身。进入民国以后，拒绝入仕的周善培无官一身轻，常以遗老自居，长衫、书法、文章、清谈，

一样不少。在《谈梁任公》一文中,他说:

> 真讲做事的政治家,勿论职权的大小,到一个地方,作一趟官,总得留下两件事,使去后还有人想起。如李冰在四川凿离堆,事隔二千年还有人纪念他,这是第一等。如子产在郑国前半期被人咒骂,后半期被人歌颂,也是好的。即使像王荆公(王安石)做坏,到今天还有人佩服他做事的精神,也够得上政治家。如果做一趟官,留不下一件事使人回忆,这只能叫做官,不叫做事,更说不上政治家。

这何尝不是一个自我总结。何尝不是对自己在四川为官的业绩总结。

1930年"船王"卢作孚到大连考察时,专门拜访了他极为仰慕的周善培。他在《东北游记》中说:

> 周先生是在四川建设上唯一有办法且有成绩的人。他办警察,警察有起色;办实业,实业有起色。他每办一桩事业,必先训练一批学生。凡他的学生或曾经同他办过事的人,都很佩服他而且思念他。

1948年,周善培的老师——晚清第一词人赵熙逝世后,他专门托人从四川荣县将老师遗著《香宋诗稿》送至上海,由他重为核定付印。对于自己在波谲云诡、沧海横流的民国尚能处之泰然、安坐如常,似乎可以用周善培回答康有为的诘询作解:

赵先生只同我讲学问，学问的道理是方的，我无法违背他，只有服从他；你同任公（梁启超）戊戌以前也是讲学问的，戊戌以后，就专讲政治，政治的道理是圆的，你有你的办法，他有他的办法，自然他对你就有从有违。（《谈梁任公》）

他的意思是，他的主要精力是做学问，因此政治上出不了事。

1949年9月，第一届中国人民政治协商会议在北平（今之北京）召开。在毛泽东逐一圈定的政协特邀委员名单里，就有周善培的名字。1949年10月1日，在北京出席开国大典的诸位代表中，周善培也在其中。新中国成立后，周善培当选为全国政协委员，担任华东军政委员会委员，上海市文史研究馆首批馆员。

杜甫草堂里有个很经典的景点——碎瓷镶嵌的"草堂"二字凝固在一方影壁上。而旁边的一张照片是，毛泽东背着手，面壁沉思。毛泽东清楚，眼前两字出自周善培之手，毁损后又由其弟周竺君补书。

这是1958年春，成都会议期间，毛泽东游杜甫草堂的一个场景。

这一年秋天，周善培因患肺癌病逝于上海华东医院，葬上海万国公墓，享年83岁。

周善培对故乡是有感情的，直到去世前一年还在为四川做事。1956年，他用篆、隶、楷各体手写《十三经》，赠予四川省图书馆。

1957年，他为杜甫草堂补书清代四川总督常明撰写的楹联：

水竹傍幽居，想溪外微吟，密藻圆沙依草阁；

楼台开丽景,结花间小队,野梅官柳满春城。

这副楹联里的花草温婉而纤弱,悠闲而自在,周善培何尝不是在写自己?

再说另一个"周"——樊孔周。

樊孔周,名起鸿,曾习科举,晚清时为增生。

受"文化救国""实业致富"新思潮影响,青年樊孔周决心身体力行,毅然弃学,下海经商,于光绪十年(1884)与高石铭等,在成都学道街创办了成都最早的新式书店"二酉山房"。

樊孔周创办书店,除了实业致富,更重要的是要用先进的思想开启川民,实现文化救国的抱负。因此,他的书店专卖从外地发运来的各种宣传维新思想、鼓吹维新变法的图书和报刊。

店名"二酉"颇有些来历,取自唐代陆龟蒙诗句"二酉搜来秘检疏"。"二酉"乃指湖南沅陵县的大酉山和小酉山。《元和郡县志》向我们透露了这样一个典故,秦始皇焚书坑儒时,一些儒生为了避祸,逃到二酉山躲藏,并带去了一批禁书藏匿其间,使书免于一焚,二酉山因此成为我国文化史上隐匿秘籍和禁书的象征。

有了这层迷人的颜色,后世读书人对"二酉"情有独钟。明代浙江藏书家胡应麟,尽一生心力与财资建起的藏书楼即取名"二酉山房"。另外,清嘉庆年间(1796—1820),一个叫张澍的出版家兼书商,在成都卧龙桥街亦创办有"二酉堂"。

樊孔周将书店命名为"二酉山房",公然标榜出售禁书,等于以过人胆识公开向传统宣战。事实也如此,"二酉山房"销售过《明夷待访录》《戴南山集》《扬州十日记》《嘉定屠城记》等具有反清意识的禁书,《天演论》《民约论》等西方著名哲学、政治学译著,邹容《革命军》、陈天华《警世钟》《猛回头》等宣传资产阶级民主思想的书籍,以及康有为、梁启超、孙中山、章太炎等人的著作,还有《新民丛报》《民报》等进步刊物。

不仅如此,樊孔周还在书店中设有书刊阅览室,供广大市民尤其是四川法政学堂、四川高等学堂等新式学堂学子免费阅读。

"二酉山房"系樊氏由读书人转向商人后小试牛刀之作,其成功的开办与运作,让他信心大增,并把目光锁定在了更高的境界上。

鉴于樊孔周及其主持的"二酉山房"在业界的影响,他被成都图书帮推举为"帮董"。

1905年,舒钜祥任总理、齐世杰任协理的成都总商会成立。商会20位会董由成都各行帮遴选出任。樊孔周以图书帮帮董身份,充任总商会筹备人及会董。

1908年至1909年,在劝业道总办周善培倡导下,时任成都总商会协理的樊孔周,开始筹办和领办劝业场及悦来公司、自来水公司。

由于"二酉山房"只是一家销售进步书刊的新型发行机构,樊孔周感觉尚不能完全表达自己的主张——他希望将自己喜欢的文字变为书刊。于是,他集股三万,在总府街昌福馆,创办了成都最早的新型出版社"昌福印刷公司",并自任总理。

这一年是1910年,辛亥革命的前一年。

辛亥革命后,樊孔周担任成都总商会总理,主持商会工作。他在致力于为四川"兴办工厂,开发水利,筹设银行,兴建交通"的同时，还通过介入媒体业，表达自己的政治诉求与理想——1912 年被选为四川省临时参议会议员。1913 年，樊孔周创办了《晚报》。次年，又创办半月文艺增刊《娱闲录》，该刊云集了吴虞、李劼人等四川知名人士，名噪一时。

1915 年，樊孔周当选为四川商会总理。"四川省商会联合会"是 1911 年 3 月四川各地城镇商会代表集会于成都，发起成立的四川商界最高组织，其目的是"组合大群为商事上谋扩公益之计划"。商会要求全省绅商"高瞻远瞩，审世界之趋势，振社会之心理，将供全蜀商团人人皆有孤矢四方，经营八表之志，则民业日殖，国富日增，即凡农之所生，工之所成，亦将与商业相演而递进"。

作为敢于开店卖"禁书"、敢于办报评时弊的斗士，樊孔周的针芒又指向了欲谋复辟帝制的袁世凯。1915 年"双十节"期间，袁世凯党羽四川督军陈二庵宣布全省戒严时，义愤填膺的樊孔周忍不住书写对联一副贴于《四川公报》报馆门口：

庆祝在戒严期间，半是欢欣，半是恐惧。
言论非自由时代，一面下笔，一面留神。

1916 年 6 月袁世凯病故，樊孔周喜不自胜，迅即安排《四川群报》赶印十余万份红纸特大"号外"售出，闻此喜讯，锦江两岸百姓奔走相告。

1916 年秋天，蜀中"五老七贤"之一赵熙老先生离蓉，其"老友及门生"樊孔周等 39 人在望江楼为他送行，樊获赵熙赠诗一首：

市廛纷纷有是非，人情自古好相讥。
公言果验西川福，我亦花潭占钓矶。

1917年4月18日，成都发生了川军刘存厚部与滇军罗佩金部的巷战，致使民舍三千余户被焚、民众六千余人丧生。对此，樊孔周拍案而起，组织成渝总商会、教育会并各界代表568人通电全国，揭露"计焚民合三千余家，人民死者六千余人，损失财产亿万以外"真相，痛斥此事"贻祸人民"，吁请当局"主张公道，仗义执言"，"雷厉风行，秉公办理"，迅速撤除驻川滇军，消除事件根源。

樊孔周赴渝办事期间，重庆商会及当地盐商便找上门来，请求他帮一个忙。得知川军第三师违章抽收盐税、大肆勒索盐商后，他当即电知成都总商会向军政当局呈文申诉，要求立即停止非法抽税，并处分三师师长钟体道。他还嫌声势不够，恐难解重庆盐商之忧，于是又亲撰社论一篇，附呈文公开见诸报端。

樊孔周的动作，损害了刘存厚部第三师军人的利益。不知他想到过没有，一生血性的他，这一次将流尽最后一滴血了。

办完重庆事后，樊孔周和四川总商会会董董炳南一起，取道小川北道动身返回成都。途经乐至县与简阳县交界的施家坝、即将踏上成都"东大路"时，被刘存厚的第三师枪杀。樊身中八弹，身亡。

樊孔周灵柩运回成都后，各界同仁在金绳寺举行了隆重的追悼会。悲愤的时人纷纷为之挽联悼唁。吴虞的挽联是：

耳目头脑都可舍人，四大本来无，华严久悟空王法；

魑魅魍魉方横于世，众生谁复救，薤露长悲壮士歌。

刘师亮的挽联是：

樊孔周周身是孔；
刘存厚厚脸犹存。

樊孔周遇刺身亡后的1917年腊月十五夜，他筹建的劝业场莫名失火，怎么扑都扑不灭——繁华形体顷刻间化为灰烬。

周善培和樊孔周，两个土生土长的成都人，人生的际遇与结局大不一样。严格意义上讲，他们还算不上真正的蜀商，但他们身上都有一种蜀商独特的标签：坚毅，不糊涂，有大局观。

这种标签，正是蜀人骨子里流淌出来的"川魂"。

从《华阳国志》载开明王"始立宗庙,以酒曰醴",到唐代"剑南之烧春"、宋代"锦江春",蜀中名酒不胜枚举。宋时蜀中酒业分布广泛,著名的酒品主要有成都的文君酒、锦江春,荣州的琥珀酒,眉州的玻璃春,郫县的郫筒酒,临邛的临邛酒,绵竹的蜜酒等。自古好酒不离佳泉。四川盆地气候湿润,水质优良,丰产大米、糯米、高粱、小麦等酿酒作物,为酿酒业的发展提供了得天独厚的自然条件。四川的酿酒业在宋代进入鼎盛时期,陆游诗《楼上醉书》曾描述"益州官楼酒如海,我来解旗论日买"。史载,北宋熙宁十年(1077),川峡四路境内有酒务 361 个,征收酒税 220 万贯,占全国酒税收入的 14%。另据《宋会要辑稿·食货》记载,北宋成都地区酒税收入高达"岁四十万九千七百七十九贯",超过了北宋都城开封的酒税收入,居全国之首。南宋建炎三年,总领四川财政赵开创"隔槽酿酒法",将私人酿酒作坊改由官府主管,由官府置办酿酒器具,并为酿酒器具设置"隔槽"。百姓自带粮食前来酿酒,官府再根据酿酒数量收取一定的费用,相当于一种特殊的酒税。到宋高宗末年,四川酒税高达 410 万至 690 万缗,占全国酒税收入的 29% 至 49%。

词条　蜀中名酒

第09章 一枚铜钱的命运追踪

一个黄头郎官的登天之路

一般人都认为,是因为邓通成了汉文帝的男宠,汉文帝万般宠爱邓通,才赏赐他一座铜山的。

有一天,汉文帝命令许负给邓通看面相,许负说邓通会"当贫饿死"。

这个许负,是西汉著名的女相士。古代出巫,地位显赫。凭借着这一超群技能,许负被刘邦封侯。她曾预言薄姬有贵人之相,其子是天子。薄姬乃汉高祖刘邦一嫔妃,汉文帝刘恒的生母。

许负曾告诫薄姬和汉文帝:"你们到外封之地,方能保全性命。"汉文帝为感谢其救命之恩,竟尊称许负为义母。

邓通于汉文帝同样重要。看过邓通面相后,许负叹了口气:"邓通的钱看似多得花不完,只不过……"她摇摇头叹息,"最终结局不好,他会被饿死的。"

汉文帝不信,索性赏赐一座铜山让邓通铸钱。作为一个富甲天下的皇帝,他想,这样邓通总不会穷困饿死了吧。

面对圣上的质疑，许负用她的"专业知识"释疑："邓通有纵纹入口。纵纹被称为腾蛇入口，有如嘴巴两边被锁锁住一样。"最后，她两手一摊，"面相书上称为'缩囊口'。命中注定，典型的饿死之相。"

很多人觉得，汉文帝赏赐邓通铜山是因为汉文帝宠信弄臣。《史记》中也是这样记载的，在《史记·佞幸列传》中司马迁这样写道：

孝文时中宠臣，士人则邓通……上使善相者相通，曰"当贫饿死"。文帝曰："能富通者在我也，何谓贫乎？"于是赐邓通蜀严道铜山，得自铸钱，"邓氏钱"布天下。

作为古代最为权威的历史传记，司马迁的笔下，邓通的形象当然不佳，甚至是扭曲的。"佞幸"二字就已经为邓通定调——佞者，花言巧语谄媚人。以谄媚而得到宠幸，以男色得到君主宠幸的人。

我们不禁好奇，邓通有何种资本"佞幸"汉文帝？

邓通出身卑微，只是西汉宫中一个船夫——黄头郎官。他离奇的人生履历，还得从汉文帝一个离奇的梦说起。

"信鬼神""好长生""梦登天"——似乎是古代帝王嗜好的标签。作为历史上有名的圣君，仁孝宽厚的汉文帝刘恒也未能免俗。

这不，他很快就做了一个登天之梦。在梦中，汉文帝梦要飞到天上去，可怎么也上不去，正当他急得满头大汗之时，来了一个黄门郎官，用力一推，他如愿登天成功。

汉文帝很开心，回头一看，只见黄门郎官上衣束腰的带子上，身后打了一个结。这个故事源于《史记·佞幸列传》的记载，"孝文帝梦欲上天，不能，有一黄头郎从后推之上天，顾见其衣裻带后穿"。

汉文帝对"衣裻带后穿"这一典型特征暗记在心，梦醒过后，他便根据梦中呈现的去留意观察那位"身后打结的黄头郎"。很快，他在未央宫苍池中的渐台上，发现了邓通。邓通的衣带果然在身后有一个结，与梦中所见一模一样。

召来一问姓名，姓邓，名通。

"邓"不就是"登"吗？"通"就更好理解了，通天。这与梦境甚为相符……一通百通，一登通天。

汉文帝内心欣喜。这正是自己苦苦寻找的梦中贵人——从此开始，宠信邓通。"文帝赏赐通巨万以十数。"邓通晋升为上大夫。

苍池是西汉皇家宫室的御花园，园内有怡心湖可泛舟。皇上处理政务累了，可在湖上散心。文帝目光远及御船水手，是一道头裹黄巾的黄色风景线，那些御船水手名曰黄头郎——汉代皇帝湖中游乐时划船之人。五行中，土克水，土色黄，为使御船安全，使水能安全地承载船上的皇亲国戚，撑船的人都冠以黄巾，故名之。

按说，作为西汉初年"文景之治"的缔造者，汉文帝可以称得上历史上较为贤明的君主。提到他时，人们往往会想到黄老之学的治国理念、与民休养生息的无为之治，他让社会和谐，让百姓安居乐业，成为后世美谈。此外，汉文帝还亲自为母亲试尝汤药达三年之久，是一位不喜奢侈、宽以待民、勤俭节约、孝顺仁

第09章 一枚铜钱的命运追踪

慈的皇帝。

　　虽然史载寥寥，但"宠臣"二字足可以让人浮想联翩。特别是那个"宠"字，于男人与男人之间，更难免生出许多暧昧的故事来。

　　司马迁虽将邓通置入《佞幸列传》，但其中的"佞幸之事"，却不多见。他字里行间透露给我们的人物信息，是邓通做事低调，为人谨慎，不好结交外人，即便是休息日也不出宫，这让汉文帝对他更加宠信。比如，"文帝尝病痈，邓通常为帝唶吮之"。说的是，汉文帝背部因感染长了"痈"（毒疮），疼痛难忍，每当这时，邓通便会为其唶吮患处，将毒吸出。

　　这种忠心、胆识和用心，加上文帝的那个"登天之梦"的加持，让文帝对邓通有了一种莫名的信任与倚靠。

　　有如此丰沛的情感铺垫，邓通这个蜀地平民青年能很快平步青云，迎来人生的巅峰时刻，就显得自然而然了。

词条 战国货币

战国时期最常见的货币有四种：布、刀、贝、钱。布和刀都是生活上的必需品，每一家都用得到织出来的布和铁打的刀。不同于谷物，这两种东西一来不容易坏，不会在短时间内有明显耗损；二来重量和体积都有限。如此就很适合用来当作交易的中介，本身有实质用途，不怕换不出去，又比较轻、比较小，方便携带。贝不同于布或刀，贝没有实际的功用。贝会成为货币，靠的是两项条件：稀有和轻便。会以贝当货币的，一定是远离海边的地区。本地不产贝，必须大老远将贝运过来，原先在海边随手可捡、没有价值的贝，一旦耗费人力、时间运到深远内陆来，也就变得有价值了。贝的出现，标志着一个建立在彼此共同默契的基础上的买卖系统已经存在了，在这个系统里，大家同意且信任贝是有价值的，拿辛苦种出来的谷子去换了自身没有价值的贝还不用担心。需要交易时，手上这些贝能交换衣服、农田或家里需要用的工具。钱也是抽象的货币，不过是人造的，不像贝是从自然里来的。钱也有其稀有性，也很小很轻，便于携带使用。而钱有比贝更有优势的地方——因为是人造的，能造得更一致更合理。财富储存的最高阶段是金。战国史料上贵重的金出现越来越频繁，表示财富累积的量大到一定程度，连用钱都不够方便了，因而发展出比钱更贵重的金。

成色十足的"邓通半两钱"

却说,汉文帝赏赐的铜山在蜀郡,即是司马迁《史记》中记载的"严道铜山"——位于蜀郡严道县的一座铜矿。

将蜀地严道县的铜山赐给邓通,允许他自行开采铜矿、铸造钱币,这无疑给了邓通一个财富通天牌照。

看似平庸的邓通,很珍惜这样一个可以让自己有所作为的天赐良机。他用自己特有的方式来回报汉文帝的厚爱——低调做事,不辱使命。

据载,邓通严道所铸的四铢半两钱,严格遵守汉文帝颁布的铸币法定标准。即,半两钱直径2.3厘米至2.4厘米,重2.7克至2.95克;另一种钱直径2.4厘米至2.5厘米,重3克至3.75克。邓通所铸之钱(原始铜,为红铜钱)与流通之钱(为人工配比的铜锡合金,为青铜钱)除铜质上有区别外,形态上也有不同。如在钱面的串上,还特别凸起一块铜,这些凸起的铜块有规则的,有不规则的;有成形的,有不成形的。

这些有规则或无规则的形状,只是指在钱面穿上或穿下某一部分隆起。这是因为,之前秦时半两钱为十二铢,汉朝半两钱陆续减轻重量,仍称半两,吕后时减为八铢,文帝时减为四铢。

对于这些隆起物,专家也有几种分析:

由于钱径不符合标准而减轻了重量，在钱面凸出一块铜既加重又省工；邓通本人有开采不尽的铜山和用之不完的财富，给每个钱币上多加上一块铜，彰显自己的财气；邓通为区别自己与他人之钱，别有用心地采取一种钱面凸起的方式。

这样铸出的钱，便是后世流传的有不规则凸出物的半两钱，俗称"邓通半两"。

因为货真价实，因为成色十足，"邓通钱"一面世，就受到极大关注和广泛喜爱。

邓通之名，竟一度成为"钱"的别称。从此，"邓通钱，布天下"。东汉班固《汉书·食货志》赞誉，文帝时"邓通，大夫也，以铸钱财过王者"。

社会效益与经济效益俱佳。广开铜矿，富甲天下。天下一半的钱都出自邓通之手，后世因而将"邓通"作为财富的代称，夸赞一个人有钱，往往用"富比邓通"一词。

这也是数千年来，钱币收藏界一直关注"邓通半两"的缘由所在。

史载，邓通生于蜀郡南安县，也就是今天四川乐山市一带。

遥远偏僻的青衣江畔，有一户为避秦末战乱而迁蜀的人家。到汉文帝时，这户姓邓的平民人家，家境渐渐好了起来，户主邓贤也读了几年书。让邓贤忧心的是，所生子嗣中，一直不见有男丁出现，直到生下三个女儿之后，才迟迟有了一个儿子。

期望后世出人头地，是中国百姓最为朴素的愿望。故儿子刚刚面世，就取名"邓通"。希望儿子在官道上骏马飞驰，四方辐辏（通达之意）。

未曾想，至弱冠之年，邓通读书没见大的起色，却练就了一副戏水撑船的本领。这样的本事要想跻身于仕途，是万万没有指望的。好在邓贤也不是等闲之辈，家境富裕之后，他得为儿子的前途考量。

终于，转弯抹角找到了可以直达天庭的贵人——蜀地南安侯宣虎，通过这一隐秘的"通道"，将儿子邓通送到京师长安，或许可为邓家寻求一条光宗耀祖、光大门楣之路。

起事于沛县丰邑中阳里的平民刘邦，从泗水的亭长做起，一路接管大秦留下的江山，开创了大汉基业。真可谓"赤精斩白帝，叱咤入关中"，让"汉高祖"这个帝王称谓在历史上熠熠生辉。

统一天下之后，分封九个同姓诸侯王的同时，还按军功分封列侯。就这样，刘邦一口气在全国上下共封了137个侯，其中巴蜀有二——什邡侯雍齿、南安侯宣虎。

对于刘邦这一"有福同享"的豪爽行为，英国历史学家阿诺德·约瑟夫·汤因比在《展望二十一世纪——汤因比与池田大作对话录》中有如此评价：

中国的汉高祖刘邦，罗马帝国的奥古斯都（即屋大维），还有萨拉森帝国的哈里发·阿摩维亚（指穆阿维叶一世），这三个人是专在金钱上打算盘，一心想出人头地的领袖。他们都是在前一代领袖缺乏灵活性而开始出现衰败征兆时，接替政权的。他们有善于处世的手腕，各自把帝国体制从崩溃中解救出来，进行整顿，打下了长治久安的统治基础。

汉朝刘邦把中国人的民族感情的平衡，从地方分权主义持久地引向了世界主义。和秦始皇带有蛊惑和专制性的言行相反。他巧妙地运用处世才能完成了这项事业。

又作邓氏钱,是西汉半两钱,特征是钱面上有不规则凸出物。邓通,西汉文帝宠臣。汉文帝赐予邓通蜀地严道铜山,令其自行铸造钱币,当时邓通钱遍布天下。刘濞和邓通所铸的四铢半两钱(秦时半两钱为十二铢,汉朝半两钱陆续减轻重量,但仍称半两,吕后时减为八铢,文帝时减为四铢)基本上按照汉文帝的法定标准。但邓通在严道即山所铸之钱(原始铜,为红铜钱)与文帝所铸之钱(为人工配比的铜锡合金,为青铜钱),除有铜质上的区别外,在形态上也有不同,如在钱面的穿上下凸起一块铜,这些凸起的铜块有规则的,有不规则的;有成形的,有不成形的。为区别自己与他人之钱不同,邓通别出心裁地采取一种钱面凸起的方式,在钱范的钱模上挖掉一块。邓通的发迹和潦倒,反映的是文帝、景帝时期重要的社会经济变革:文帝时期采取自由放任的经济政策,任由郡国和私人铸钱;景帝时期,中央政权借鉴七国之乱的教训,开始将货币铸造权、铸币的监管权收归中央。这是汉代从放任自由的经济政策过渡到中央权力干预经济的转折点。秦末天下纷争,作为一个相对独立的地理单元,蜀地免于楚汉相争战火的蹂躏,经济得以较快恢复和发展,并逐渐孕育出了成都、临邛、广汉等重要的工商业城市。西汉时期,蜀地冶炼业也获得极大的发展。巴蜀地区本来就富产铜铁,外来移民带来了市场理念和冶炼技术,促进了巴蜀冶铸业的发展。西汉的临邛就是当时一个重要的冶炼业中心,而邓通铸钱的"严道铜山"距临邛不远。经济的发展、铜铁冶炼技术的发达,是汉代巴蜀地区铸钱业兴盛的基础。

词条 邓通钱

一个看似荒唐的决定

却说宣虎,是在刘邦被封为汉王的第三年以河南将军的身份跟随刘邦收服晋阳后,又以主将的身份消灭了当时燕王臧荼的叛乱,凭此两大军功,被刘邦欣赏,赐爵彻侯。封于南安,所封地称南安侯邑,享有 900 户的赋税收入。

这一历史出处,可见《汉书·高惠高后文功臣表》所载:"南安严侯宣虎,以河南将军汉王三年降晋阳,以重将破臧荼,侯,九百户。"当时封国户数高者可达 15000 户,低者只有 500 户,宣虎在相对贫瘠的蜀地,食 1000 户以下。相对而言,算不上重赏。

如今,在四川夹江县还有一个叫"南安场"的地方,算得上两千年前的历史印痕。

有《太平寰宇记》的记载可以呼应,说宣虎的封地主要在夹江平原,相当于今天的夹江、洪雅两县。侯国地域虽小,但彻侯也算一国(此处的国,指封国)之君主,享有一些特权,如列侯之子也称太子,可以拥有家臣、收取封邑赋税等。

南安国属蜀郡,地位与县一样,也受蜀郡太守管辖。宣虎及其家属居长安,坐享 900 户平民的赋税收入。到汉文帝时期,曾下令列侯都回到自己的封国去。《汉书·高帝纪》载:"六年冬十月,令天下县、邑城。"据此,南安国开始筑城。

宣虎在位30年，死后侯位传给儿子宣戎，宣戎又传宣千秋。随着新皇帝即位，政策不断调整，宣氏后代也风光渐失，但蜀汉时仍是南安县四大姓之一，《华阳国志》记载，南安"有四姓，能、宣、谢、审"。

从南安国到南安县，再到今天的南安场，历史就是这样悄悄地一路走来，不显山不露水。

可以想象，在"南安"名字不断变化的期间，随着邓氏家族的不断繁衍，作为"南安的庶民"，一个名叫邓通的小男孩不断长成，走上了历史舞台。

治西二十五里南安镇，即汉南安县治。有邓通宅故址。前有玛瑙溪，中有磐石，可以修禊。

从明朝曹学佺《蜀中名胜记》中的这一记载不难看出，邓通的家，可能离南安侯的治所并不远。

完全有理由相信，宣虎在位时，利用在京的庞大关系网，将芸芸众生中一个毫不起眼的小人物邓通如灰尘一般带入了宫廷。

这一举动于宣虎而言，就是举手之劳，可于邓通及其家族而言，却是改变命运的机会。

就这样，入京后的邓通，凭借一技之长成了御用船夫，也就是掌管船舶行驶的吏员（船夫）——在建章宫西北的人工湖"太液池"中担任"黄头郎"。

想要从一介划船小官员变成拥有泼天富贵之人，除了自己的努力，还需要有人上之人鼎力相助。邓通好运，冥冥中他就遇到了这个"人上之人"——那个赐予邓通泼天富贵之人，当时的大汉天子——汉文帝刘恒。

邓通的发迹，正是由于他的黄头巾——这个醒目的符号。

汉文帝为人所诟病的，是他将蜀郡严道的一座铜山赐给邓通，并允许邓通铸造铜钱，发行全国，称为"邓氏钱"，从此让邓通发了大财，富可敌国。

很多人不理解英明睿智的汉文帝，为何如此荒唐地将一座铜山赐给了邓通，还让他代替国家铸币。以为就是一个昏庸之君因为贪图宠臣之欢的轻率之举——这样看似荒诞的历史故事，我们并不陌生。

非也。精明如文帝，自有他的行事逻辑。

汉文帝的眼光无疑是独到的。"通亦愿谨，不好外交，虽赐洗沐，不欲出"固然为汉文帝接受，"通无他技能，不能有所荐达，独自谨身以媚上而已"也为汉文帝所欣赏，但真正打动汉文帝的，是那次超乎寻常的"吮痈舐痔"（这是他的亲生儿子也难以做到的）。阅人无数的他深信邓通的忠诚，这才做出了让邓通铸钱的决定。

我们不禁会问，自古采铜铸币是国家的事，为何交由个人，岂非儿戏？

这要从汉初的货币制度说起。汉朝建立，货币沿袭秦制，由官方控制铸造。但国家刚刚经历战乱，商业萧条，百业凋敝，货币需求量少，刘邦"以为秦钱重难用，更令民铸荚钱"，从此民间有了合法的铸币权。民间多将秦半两钱改铸为形如榆荚的薄劣轻钱。自此，大量薄劣轻钱充斥市场，商贾乘机操纵居奇，导致物价飞涨，出现了"米至石万钱，马一匹则百金"甚至"物踊腾粜"的通胀局面。

刘邦见状，不得不推行货币改革，于高祖八年（前199）颁发《盗铸钱令》，禁止诸侯国制造荚钱，但效果甚微。此时，私人铸钱有如牛皮癣般顽固，甚难去除，至汉惠帝时再次禁止民间铸钱，也难以完全控制。直到汉文帝即位后，国家实力日益增强，薄小荚钱已不适应社会发展，倡导无为而治的文帝趁机放开货币制度，于前元五年（前175）铸造较为规整的四铢钱，铭文仍为"半两"，甚至废除了先帝的《盗铸钱令》，直接将铸币权由官府下放到民间。

这一大胆的行为，遭到贾谊、晁错等大臣的反对，他们纷纷上书，直陈利弊。贾谊更是在进谏中痛陈：

法使天下公得顾租铸铜锡为钱，敢杂以铅铁为它巧者，其罪黥。然铸钱之情，非殽杂为巧，则不可得赢；而殽之甚微，为利甚厚。夫事有召祸而法有起奸，今令细民人操造币之势，各隐屏而铸作，因欲禁其厚利微奸，虽黥罪日报，其势不止。

大意是说，铸钱，是不许掺杂铅铁等物的，如有违犯，则要处以黥刑。而民间铸钱，为了赢利，就会掺杂铅，在丰厚的利益面前，就算是受到黥刑，也遏制不住这种恶的势头。贾谊进而建议，国家垄断铜冶业和铸币业。如此，方能实现消灭劣钱，使民风淳朴，国库充盈。

汉文帝不为所动，依然我行我素。这样的背景下，将蜀郡著名的严道铜山赐给嬖宠邓通铸钱的行为，当然会引发朝野不同的解读，进而谴责之声四起。

词条 铁五铢

铁五铢于公孙述据蜀称帝时铸于成都。当代钱币学者认为，由于史志多语焉不详，兼少实物出土佐证，"铁钱始于公孙述"论难于征信。湖南长沙、衡阳西汉墓群曾出土数以百计的铁半两钱，足证武帝行五铢前即有铁钱问世。而世传铁五铢钱，其形制特点以及"五"字交笔微曲、"朱"头方折等，似更近西汉五铢，有学者遂将铁五铢的出现系于西汉中期以前。公孙述铸铁钱在货币史上具有重要的意义，历代学者都认为铁钱铸造始于公孙述。杜佑《通典·食货》说："公孙述始作铁钱。"《钱币谱》载："蜀，古用铜钱……公孙述据蜀，始废铜钱置铁官钱。"近些年，伴随着新考古材料的出土，考古工作者相继发现了西汉甚至是战国时期的铁钱，因此学者们又达成新的共识：公孙述并不是最早铸造铁钱的人。四川大学古籍研究专家舒大刚认为，公孙述"废铜钱，置铁官钱"是中国历史上第一次官方铸造铁钱，确定了铁钱法定货币的地位，将铁这种金属纳入铸币金属之中。这一创举虽然在当时导致了一定的经济混乱，但是具有重大的开创性意义。后世蜀地成为流通铁钱的重要区域，其渊源可追溯至此。

一枚极其满意的棋子

人们所不知晓的是，这一看似不理智的行为，其实是汉文帝有意为之。

《史记·平准书》记载，文帝时"令民纵得自铸钱"。这不过是为邓通铸钱所释放的烟幕弹。天下人都可以铸钱，那邓通为什么就不行呢？文帝真正的目标，是从货币这个维度入手，对吴王刘濞集团进行政治整肃。也即是说，汉文帝赐予邓通铜山以铸钱，只是这次货币政策变革中，一个不得已的障眼法。

要历史地看汉文帝的这次非常行为，就得将眼光放在汉文帝即位的时代背景来洞察。

汉文帝刘恒是高祖刘邦第四子，24岁登基时，大汉王朝建立不过20余年，"诸吕之乱"刚被平息，百废待兴，战争硝烟余存，百姓亟须休养生息。而汉文帝要面临的现实是，外有匈奴威胁，内部藩王林立。原来，汉高祖统一天下后，尽封侯王，举目四望，全国版图之上，到处有诸侯王藩旗飘扬。那些日渐坐大的王侯，都是汉文帝的兄弟甚至叔伯。如齐王刘襄，淮南王刘长，吴王刘濞……他们雄踞一方，自成一统，每一个人都是"天子"。

特别是吴王刘濞在封国内大量铸钱、煮盐，扩张势力，觊觎帝位。

刘濞是刘邦次兄刘仲的儿子,因跟随刘邦平叛,击破英布军有功,被立为吴王,统辖三郡五十三城。作为铁血兵锋中走出的诸侯王、富可敌国的天潢贵胄,坐享吴越江山,骄悍霸气不时从刘濞举手投足间外泄,初登玉陛的刘恒,根本未入其法眼。

攘外必须安内。汉文帝知道,要维护中央集权的权威,令百姓富足安康,必须削弱这些刘姓诸侯王的势力。年复一年这样下去,全国所有百姓的税赋,可能都养活不了一个刘姓家族。

汉文帝当然感受到了刘濞的威胁,可他又不能强硬应对,不然兄弟关系就会剑拔弩张,小不忍还会致天下乱。他要从政治角度,借力发动一场"货币战争"。

正好,邓通是一枚极其满意的棋子。

吴王刘濞不愧为汉文帝一个强劲的对手。

吴地豫章郡产铜,刘濞招徕众多亡命之徒偷偷冶铜铸钱,所铸钱流通汉境;吴地滨海地区产盐,吴王又煮海水为盐,贩卖到全国各地,获利甚丰。吴王在利用铸钱和煮盐两个有力的经济杠杆,让自己实力不断壮大的同时,不但给百姓免税,就算中央要求交税的时候,也会慷慨地拿出钱替百姓出了。境内不征赋钱,域内黎民拥戴。这样的民心向背于汉文帝而言很是要命。更为要命的,是刘濞想尽一切办法笼络知识分子,逢年过节就会去拜访当地的士人,又大量收留各国的亡命之徒,替自己卖命。

为了江山社稷,刘濞做足了功课。慢慢地,吴地的百姓便与汉文帝的中央离心离德。

噩运还不止于此。一次,刘濞的儿子陪汉文帝的皇太子刘启(也就是后来的景帝)下棋时,两人起了争执,刘启居然把刘濞的儿子用棋盘打死了。

失子的刘濞,趁机"称病"一直不上朝。吴国和中央的矛盾愈来愈大,叛乱一触即发。还没十足把握的汉文帝只得寄希望于邓通,用时间换空间,迂回曲折,希望以此来化解政治危机。

邓通知道汉文帝的苦心,他没有让汉文帝失望。

邓通要做的,是不能贪图盈利而生产薄劣恶钱,要造出分量足、数量足的良币,达到驱逐市场上大量恶币的目的。因之,邓通回到老家之后,便云集一帮能工巧匠。年已古稀的邓通父亲感念皇上恩德,带领几个女儿和女婿全身心投入其中,在铜山一带深挖矿坑洞,点燃小高炉,铜流滚滚,钱光闪闪……他们严格遵照邓通的嘱咐,严格按照铸造的工艺流程,不偷工减料,取巧谋利,因而铸造出的铜钱光泽亮,分量足,厚薄匀,质地纯。

上自王公大臣,下到贩夫走卒,无不喜爱"邓通钱"。"邓氏钱,布天下"之说由此而来。

《西京杂记》评价:"文字肉好,皆与天子钱同。"《钱谱》亦云:"文字称两,同汉四铢文。"

从这些记载中不难看出,虽然是邓通私人铸钱,但和汉廷中央督造的一样,完全达到了国家法定要求。《史记·平准书》《汉书·食货志》俱称"吴、邓钱布天下",邓通钱达到了与吴国刘濞钱相抗衡的局面。

邓通来严道县冶铜铸钱的时间,在公元前179年至前156年间。严道县即今天四川荥经县,古为羌地。春秋战国时,为蜀国境。公元前316年,秦灭蜀。秦惠文王更元十年至十二年(前315—前313),花了整整3年时间,秦人构筑了严道至临邛县的商业大道,就取名为"严道"。秦惠文王更元十三年(前

312）置严道县，隶于蜀郡。秦惠文王封樗里疾于严道，号"严君"。

不难看出，荥经自秦以来，就是经济繁荣之地。以严道为中心，发展出临邛、乐山等地的冶铜基地。从临邛出发，从业的矿工、铜匠队伍遍及严道、乐山等地。不少工匠在此终其一生，娶妻生子，成为新的移民。据说，今天荥经、洪雅、邛崃等地居民的说话口音基本相同，即缘于此时。汉文帝时，从秦迁往临邛的卓文君的父亲卓王孙已是西川巨商。因冶铜铁而富的卓氏家族，正是邓通求之不得的最佳合作对象。可以想象，卓王孙与邓通应该有通力合作。

一时间，成都平原以南、以西的版图，成了大汉王朝的铸钱基地。

严道铜山是汉廷能控制的最大一座铜矿。荥经地方志载，荥经宝峰铜山，距严道古城约二十里，其山势连绵数十里，铜矿储量大，含铜量高。凸起的宝峰铜山，巍然屹立，下分两岗，南北斜行，五六百米长的矿洞、矿床四处皆是，尤以丝粟坡、青杠坡和道底坝的谢家湾为最古。据说，因为铸钱，邓通还移居过乐山沙湾。大渡河古称沫水，流经沙湾一段又名铜河。只因邓通在此铸钱，所以大渡河下游自汉魏以来又称铜河。

1987年文物普查时，考古人员在荥经宝峰彝族乡发现两处铜矿采集和冶炼遗址。史料记载得以印证。《雅安日报》报道，20世纪80年代修公路时，宝峰乡莲池村丝粟坡一村民挖出了十多枚铜钱，一直珍藏家中。后经有关部门确认，为邓通五铢钱，这为邓通宝峰铸钱找到了一个有力的证据。

邓通以后，荥经的冶铜业一直绵延。清末民初，这里尚有炼铜炉百余座。直到抗日战争时期，民国政府还在荥经设置"铜矿管理处"，开采宝峰一带铜矿。1939年李璜与黄炎培到川康考察时，曾留下《过荥经有感》一诗，诗云：

荥经煤铁旧知名，茶叶输边亦有声。
天地无私民仍困，令人愧对邓通城。

宋人李石也早已留下相关的诗，《邓通城》云：

相公旧筑与云平，千载毡裘尚震惊。
多少金钱布天下，不知更有邓通城。

李石，字知几，四川资阳人，进士。绍兴末年，任太学博士，后降职为成都学官。出主石室，就学者如云。"蜀学之盛，古今鲜俪。"后卒成都，卒年七十外。

故而有史家认为，"邓氏钱"和"邓通城"，可能就在荥经宝峰铜山。

20世纪80年代，四川省文物考古所会同荥经严道古城遗址博物馆，曾对此进行试掘，出土了一批汉砖和陶器，专家确认此处为一城址，"邓通城"也慢慢掀开了神秘的面纱。不难理解，成千上万人因铸钱云集于此，铸钱有各种复杂工序，更有与之相关的上下游产业……这些，都需要一座城池来服务与保障。

据考证，早在春秋战国时期，这里就是开明王朝的冶铜基地，同时也是古蜀国的铜器、牦牛、筰马（古筰地所产的名马）贸易中心。广汉三星堆、成都金沙遗址那些大大小小的青铜神像，说不定很大部分就出于此。公元前316年秦灭蜀国后，为了从西南地区取得牦牛、笮马和铜冶资源，拓宽夯实了从临邛至荥经的道路，大规模冶炼铜矿和大兴商贸成为可能。

这样的工业基地延续到汉代，已有相当规模。文帝将严道铜山赐给邓通并让他铸钱，这一看似荒唐的决定，无疑收到了出奇制胜之效。

文帝在政治上审时度势韬光养晦，采取"众建诸侯而少其力"（贾谊《治安策》）之策，经济上则采取货币竞争、经济竞争相结合，来挤压诸侯王的生存空间。

国家的权力所到之处，其实就是货币所行之处。"邓通铸钱"名为私有，实为社稷，汉文帝精心布局了一场无硝烟的货币战争。

他清楚地知道，以帝王之威正面和吴国起冲突不是明智之举。我们可以猜想，他通过许负给邓通看面相，借许负之口，赏赐给邓通铜山铸钱，以避免刘濞狐疑……或许都是他精心设计过的——包括他的那个登天之梦。

作为一个精明的政治家，只要能达到目的，什么途径都可以借用。

汉文帝不愧是一代明君，既要与民休养生息，对外抗拒匈奴，还要维护皇权的稳定，削弱诸侯王。在自身实力不足以彻底压制藩王势力的情况下，隐忍坚定、韬光养晦，为后世打下了良好基础，使得汉景帝时期得以完成了削藩重任，创造了令后世称赞的"文景之治"。

东汉末，刘焉父子据蜀时始铸，三国蜀汉刘备父子继续铸行。直径约2.1厘米，重2.5克。形体小于两汉五铢，较厚，面背均有外廓，笔画较肥，铜质晦暗。钱币背面多有阴刻。钱铜色发暗，以内外廓为最大特点，亦称"内廓五铢"。另有形制较小、制作粗糙的小五铢，为蜀汉晚期或私铸品。蜀五铢中"五铢"二字与蜀汉直百五铢字体风格一致，都是一种圆润扁平的字体，这是一种受到隶书风格影响的篆书。舒大刚教授认为，汉武帝时期整顿全国货币。到三国时期，蜀汉、吴等政权的货币文字开始受到隶书的影响，尤其是蜀汉政权，钱币文字的隶书风格极为明显，定平一百等钱币甚至直接使用隶书。蜀五铢的文字就与蜀汉钱文风格十分相似。蜀五铢背面往往带有阴文记号，有数字"一"至"二十四"等阴文记号，这是蜀地铸钱的特征，从直百五铢到太平百钱再到定平一百，都有大量的背阴文记号，这应该是铸钱工人在铸造钱币时所做的一种记号。一直到成汉政权铸造汉兴钱，背阴文记号的现象仍然大量存在。而在三国魏晋时期，东吴政权和北方的魏晋政权所铸钱币均没有这种现象。据《汉书·武帝纪》载，五铢钱为汉武帝刘彻元狩五年（前118）始铸："元狩五年，罢半两，行五铢钱。"五铢钱诞生前夕，因半两钱濒临崩溃，市场一片混乱，各级政府与商民争利，都拼命铸钱，使得通货膨胀加剧，钱币的购买力急速下降，物价飞涨。五铢钱迄隋铸行不绝，唐高祖武德四年（621）行"开元通宝"钱时才废除。历经七百余年，留下了大量各种版本、形制的五铢钱币，蜀五铢就是其中之一。

词条 蜀五铢

邓通庙里供着"邓财神"

汉文帝对邓通的过分宠爱，难免引来朝里朝外一大堆人的不满。这"一大堆人"中，就包括当朝丞相申屠嘉和太子刘启。

后元七年（前157），汉文帝驾崩，太子刘启继位，也就是汉景帝。汉文帝一死，邓通的靠山轰然倒塌。汉景帝本就不喜欢邓通，特别是汉文帝为了考验儿子的孝心，让他效仿邓通为其吮痈一事，让他对邓通很是反感。景帝顺势将邓通赶出了宫。

长公主心疼邓通，便赏赐了一些钱给邓通，可一转眼又被官府统统没收，邓通身上一文钱都不能有。长公主无奈，只得派人给他送些衣食。

接济毕竟有限，邓通后来只得到别人家中寄食，也不是长久之计。最终，他还是应了相面人的话，饥饿而死。

"邓通无伎能。"司马迁的这一判断，给后世呈现了另一个面孔的邓通。

看来，司马迁也只看到了邓通的"划船功夫"，至于其人其品，却不得而知……这也难怪，司马迁讲究出身，将身份卑微的邓通列入《佞幸列传》，视其为佞幸小人，就是"出身论"的典型表现。他以为，所谓"邓通铸钱"是文帝宠幸邓通的昏庸之举。

作为身无一技之长的小人物，居然可以富甲天下。这是后世对邓通不齿的一个重要原因。

邓通真的一无是处吗？他能成功铸钱仅仅靠机遇吗？

即使深受汉文帝重视，邓通也没有非分之想，没有获取任何不当利益，而是兢兢业业，十分漂亮地完成了自己的历史使命。他更没有利用皇帝的信任飞扬跋扈、干扰朝政。邓通对文帝感恩戴德，哪怕在做被后人所不齿的"吮痈"这个动作时，邓通也没觉得有什么特别，他觉得是自己应该做的。受到恩惠，理应回报，这就是邓通的行事逻辑。

邓通不是小人，只能说是小人物，宫中划船的黄头郎而已。

通亦愿谨，不好外交，虽赐洗沐，不欲出。

文帝时时如邓通家游戏。然邓通无他能，不能有所荐士，独自谨其身以媚上而已。

文帝尝病痈，邓通常为帝唶吮之。文帝不乐，从容问通曰："天下谁最爱我者乎？"通曰："宜莫如太子。"太子入问病，文帝使唶痈，唶痈而色难之。已而闻邓通常为帝唶吮之，心惭，由此怨通矣。（《史记·佞幸列传》）

反复解读《史记》邓通一章的相关文字，根本挑不出邓通的不检点之处和祸国殃民之举。

如果邓通真的是弄臣，那么他必然会做出更有利于自己的选择。在文帝进行货币改革之后，天下人都可以铸钱，为了从中谋取更多的利益，许多人都在钱中掺杂铁、铅等其他金属以降低铸钱成本，而"邓通铸钱"则完全不是，"邓通钱"不掺假举国公认。

《西京杂记》载,邓通所铸之钱"皆与天子钱同",而且"文字肉好"。意思就是说,邓通铸出的钱都是品色极好、成色极高的"官方钱",而且形制也都与"天子钱"相同。

用司马迁的话说,邓通老实谨慎,不喜欢与外人交往,没有别的才能,不能推荐贤士,只会小心乖巧讨好皇帝。

这些恰恰说明邓通是一个感恩的人。试想,一个命运都不掌握在自己手中的小人物,循规蹈矩谨小慎微有什么过错?史上一旦得道升天便谗言蛊惑、诬陷忠良、结党营私的案例多了去了,相比之下,邓通算不上奸佞小人。

邓通人生最后的结局是政治斗争的结果,他自己无法左右。

《汉书·佞幸传》记载了邓通最后的悲惨境遇:

及文帝崩,景帝立,邓通免,家居。居无何,人有告邓通徼外铸钱,下吏验问,颇有之,遂竟案,尽没入之,通家尚负责数巨万。长公主赐邓通,吏辄随没入之,一簪不得著身。于是长公主乃令假衣食。竟不得名一钱,寄死人家。

或许,隔岸观火的许负,早已洞察了邓通的命运——历史车轮下的每一个小人物,其命运本来就不在自己手中。

"兔死狗烹,鸟尽弓藏"的政治伎俩,历来被帝王们玩得烂熟。削藩功毕,邓通这颗棋子便失去了存在的意义……该邓通退场了。

荥经至今流传这样的市井传说,晚年的邓通辗转回到他发迹的地方,流浪在洪雅县三宝镇芦溪河畔,靠乞讨以及周边乡民接济苟活。

一个冬天，邓通下山，游走好几个村子，没有讨到一粒粮米，还被恶狗咬伤。傍黑时分，拖着疲惫之身回到山间茅屋，邓通拿出火燧打火点灯，灯草无论如何也点不燃。一阵恶风吹进茅屋，灯盏被刮翻在地。饥寒交迫，贫病交加。邓通一声喟叹："灯不燃，邓不生"，在寒风中死去。

传说无据可证，邓通坟无迹可寻。《舆地纪胜》或许证实了这种传说的真实性，载，邓通城"在荥经县北三十里，文帝尝赐通严道铜山铸钱。又有饿死坑，亦通饿死之地也"。

更有离奇的传闻，对于惩罚邓通，汉景帝后来有了悔意，决定予以赦免。使者持皇帝诏书策马千里奔赴严道，来到与严道城隔河相望的一个山间台地上，恰好与进城通报邓通死讯的人相遇。

诏赦未成人先死，使者打马归去。自此，这个地方叫作诏赦坪。

千年过去，这方土地上的后人并没忘记邓通。清时，四川荣州知县王培荀为邓通墓赋诗一首，诗云：

明月楼头且醉眠，从来富贵亦徒然。
邓通坟近铜山在，寒食无人挂纸钱。

这是哀怜他死后无人凭吊。如今，荥经民间还流传着关于邓通铸钱的传说，有一首类似竹枝词的诗是这样写的：

铜山即是宝峰山，难步登临道路弯。
昔日邓通铸钱处，饿死灯燃油未干。

我是数年前驱车来到被驴友仰慕的牛背山时,无意中知晓有个宝子山的。

从牛背山下来,径直前往位于天凤乡境内的宝子山。宝子山有一处寺院令我印象深刻,当地百姓唤名为邓通庙,据说是邓通饿死后被封为此方财神,当地百姓才弄了一个小庙将其供奉。

我不禁苦笑,这个极具讽刺意味的寺庙,放在今天,怎么看怎么像是一种行为艺术。家乡的百姓是纯朴的,邓通毕竟有过很有钱的日子。他们在庙子供奉的,是曾经富可敌国的财神爷邓通。

但见庙宇为单檐歇山式、穿斗木结构建筑,面阔三间,甚为简陋。据说先前的庙宇毁于"破四旧",寺庙尽毁,铜像被熔。直到前些年,山下善男信女们出资,合力建成一个四合院式的邓通庙。

那些散落在山坡上断头少胳膊的石像,才又被供奉起来,聊表乡人心愿。这些石像的命运,活像当年的邓通。

邓通庙前有个地宫,有说是山上的天然地穴,有说是邓通当年挖矿炼铜遗留的坑洞。传说地宫里有石泉,专供庙里饮用。泉小水少,三两瓢就见底,舀完后泉水继续从石缝中渗出,永无涸竭。

我没看见这个地宫,也未曾见那个泉眼。但我相信这个传说的真实性,地宫泉眼也许就是一个天然隐喻:财欲如水,勤拿少取,则细水长流。

当地老人告诉我,宝子山上至今尚存一些坑洞,山坡上还留有大量矿渣,都是邓通采矿炼铜时留下的遗迹。当地人图个吉利,称这些遗留物为"钱窝子"。

因为距离过远和时间关系,我未能到实地进一步考察。

铜山的最高峰，也是今天荥经与天全两县的分界岭，有一个十分禅意的名字——莲顶山，此山海拔两千多米，堪称翠峰秀逸。在这里，可远眺瓦屋山、峨眉山、贡嘎雪山和大相岭群峰，近观牛背山、二郎山、光头山等秀美山川。

　　太阳照常升起，群山依然巍峙。历经千年采掘，严道铜山矿源业已枯绝。满眼苍翠，蓊郁林木间，落叶和苔藓遮掩了荒径古道，竟也遮掩了丹青汉简上关于这座山的陈年斑斓。

　　不禁感慨万千。

词条 大蜀通宝

大蜀通宝为五代十国时期后蜀明德年间（934—937）铸，"大蜀"为国号，小平钱，存世罕见。《古钱大辞典》中认为，大蜀通宝为五代十国后蜀高祖孟知祥在位所铸。后唐应顺元年（934），孟知祥建国号为"蜀"，建元"明德"，即位数月即死去，传位孟昶，孟昶延用"明德"年号。大蜀通宝以国号为钱文，直径约2.4厘米，重约4.0克，钱文直读，与广政通宝风格相近，铸造工艺较前蜀钱币精好。五代十国时期时局混乱，钱币种类多而乱。关于大蜀通宝的铸造者和铸造时间，史书并没有详细的记载，清代古泉学家李佐贤《古泉汇》曾将其列入前蜀王氏钱。夏荃《退庵钱谱》称，后蜀高祖孟知祥于唐长兴五年闰正月己巳即皇帝位于成都，国号"蜀"，遣使持书至洛，称"大蜀皇帝"。此钱体兼隶楷、制作甚精，背色青绿黝然，断非近时所铸，且钱文"大蜀"，当是知祥铸也。知祥曾于四月改元"明德"，然不数月而殂，故诸家并无明德铸钱之说。《历代古钱图说》中标明民国时期曾有三枚"大蜀通宝"现世，分别被三位古币专家收藏，后三人过世，古币下落不明。经查阅，"大蜀通宝"位列"中国古泉百名珍品"五十名以前。

第10章 从"蜀道"到"世道"

百姓无"法"无"天"

北宋仁宗某年,开封府接报,某市民家新娶的儿媳妇过门才三天,就被人接走,失联已有半月。"为子娶妇已三日矣,禁中有指挥令入,见今半月无消息。"开封府的知府名叫范讽,与包拯一样,也是龙图阁直学士。人命关天,"范龙图"不敢怠慢,马上受理并问询原告:

范讽问:"你家儿媳妇是谁接走的?"
原告答:"宫中。"
范讽倒吸一口冷气。心想:这岂不是皇上抢亲吗?
于是又问:"你不是乱讲吧?"
原告苦笑:"这种事,小民岂敢妄言。"
范讽说:"那好,你在这里等着就行。"
说完,范讽立即进宫面圣。仁宗皇帝也不赖账,承认听皇后讲,宫中新进一女颇有姿色,只是还没见过。
范讽说:"既然如此,请将此女交出。"

仁宗说:"可以。"

范讽说:"臣恳请此刻就在御前交割,以便带回府衙当面还给原告。夜长梦多,万一走漏风声,街谈巷议顿起,臣担心那些诽谤不实之词,有碍陛下'不好声色'的美誉。"

仁宗也二话不说,马上传旨交人。

这个故事留存于宋人笔记《曲洧旧闻》之中,易中天先生用一种舞台剧式的对白,穿越到千年前的宋代,是想用这样的案例说明,宋代的民告官已经形成一种风气,并非个案;这个故事把皇帝宋仁宗也牵扯了进去,更想进一步证明,宋代民告官的原因和方式也是五花八门,皇帝也不例外。如果真有这样的事,可以说,仁宗是一个讲道理的皇帝,而范讽,无疑也是一个负责任的大臣。

这样的逻辑之下,北宋还有一个平民告宰相的案例,也较为典型。让我们不妨再来看看。

李昉,北宋初名臣,文学家,担任过参知政事和同平章事。同平章事全名叫"同中书门下平章事",换个大家熟悉的称呼,就是丞相,参知政事是副丞相。端拱元年(988),有个叫翟马周的平民跑去鼓司(登闻鼓院前身)敲鼓告状,状告当朝丞相李昉。其原因是,李昉身居相位,北方那么多紧要的战事不闻不问,反而在家饮酒赋诗取乐:

端拱初,布衣翟马周击登闻鼓,讼昉居宰相位,当北方有事之时,不为边备,徒知赋诗宴乐。(《宋史·李昉传》)

原来,李昉喜欢结交宾客,江南平定后,归顺朝廷的士大夫大多与他交往。

这类看似奇葩的案件，放在哪个朝代都令人匪夷所思。更令人匪夷所思的是，宋太宗不仅接了状纸，当天举行籍田礼（是古代吉礼的一种，即孟春正月，春耕之前，天子率诸侯亲自耕田的典礼）完毕后，还把李昉叫过来训斥一顿，后竟草拟诏令，将李昉降为右仆射。诏令给出的理由是：

仆射，百僚师长，实宰相之任，今自工部尚书而迁是职，非黜责也。若曰文昌务简，以均劳逸为辞，斯为得体。（《宋史·李昉传》）

如果仅从案件本身去研判，定会让人大跌眼镜。一个日理万机的皇帝，对如此鸡毛蒜皮之事大做文章，不是有意跟下属过不去，就是脑袋有病。可这样的事发生在北宋，却属正常。

此案真实的背景是，契丹犯边，太宗令文武群臣各自进献应对策略，李昉援引汉唐先例，坚持认为应委屈己方与敌修好，以休养百姓。估计太宗受理此案并象征性降职李昉，是想起到一石二鸟之效，一来回应百姓关切，给告状者一个交代；二来敲打一下李昉，因为右仆射这个官职，差不多也接近宰相之位了。

仅仅过了两年，李昉以右仆射之职再次拜相；又过了三年，李昉请求解除宰相职位，太宗没有同意，并派张齐贤等宣谕圣意，李昉辞官不成，只得又上朝处理政务。

不难看出，即使宰相之位是一人之下万人之上的高官，在北宋一些人眼里，也没有太大的吸引力。比如李昉，令今人有些不解。其实，只要你了解了大宋的官僚制度与政治环境，也就不觉得大惊小怪了。

从制度设计看，宋朝除了宰相的权力受到制约，皇帝的皇权也受到制约。说实话，皇帝不能随心所欲地做事，大抵是中国历史上很少有的现象。至少从制度和文化的角度上看，皇权是被限制了。原因不外乎：

一是捍卫"祖宗法"。宋太祖自开创大宋帝国的第一天起，就规定宋朝历代皇帝"不准杀士大夫与上书言事之人"；

二是封驳制度化。宋朝规定，像给事中、中书舍人、封驳司等机构，都有抵制皇帝圣旨的权利，皇帝自然会知进退、守规矩；

三是谏官体制化。不管是御史台还是台谏，这些监督宰相的官员，通过谏言对皇帝形成强有力的监督。比如宋光宗时期，谏官谢申甫经常抨击皇帝不务正业，宋光宗也拿他没办法；

四是"岗前"教育化。士大夫阶层对皇帝从小进行系统的儒家教育，逐渐培养皇帝从善如流、以仁治天下的爱民思想和无为而治的治国思想，等到皇帝登基后，宋朝士大夫还通过经筵，在皇帝上任前进行儒家再教育，让皇帝始终牢记"民贵社稷次之君为轻"的思想。

宋人爱打官司，历朝最为有名。古代法律有两个基本规则：一是不许越级申诉，二是反坐。不许越级申诉，即是说这案子应该归县里审，你就不能去州府告，不然大家都拥到上级政府告状，岂不乱套了？会牵扯出一大堆社会问题。反坐，则指诬告者同罪，你告别人什么罪，如果你是诬告，那你就要背相应的罪名。比如你诬告别人杀人，那你就是杀人罪。看起来你可以告所有的人，但权利与义务对等。这是提醒所有人，在告状之前，就得想好可能带来的后果，也不是你想告就随便可以告。如果是诬告,会反误了自身。

这样的法律规定到了宋朝,基本上都不起作用。状告对象如果是官员的话,更会如此。没有了任何心理负担的老百姓,在告官的路上可谓一身轻松。有专家总结出宋人告状的三个特点:一是随便怎么告;二是谁都可以告;三是什么都能告。"随便怎么告"有两个意思,怎么告都无罪,允许睁眼说瞎话。诬告无罪,不许官员打击报复。终宋一朝,从来没有因告官而获罪者。另外,还允许越级上告。

把诉权交给老百姓,百姓自由了,官自然就不好当了,就出现了黄山谷所说"一不得气,诋郡刺史,讪诉官长"的怪现象,也出现了"诉讼日不下二百"的世间奇观。一个县每天诉讼不下两百起,大部分都是告官的。要知道,宋代的地方官员数量不多,一天要处理两百多件诉状,也基本上不用干别的事了,一天到头不睡觉也处理不完。

皇帝可不管这些。老百姓一不高兴,就去告官解闷。官员俨然成了百姓的"出气筒",过去高高在上,宋代时却威风扫地。一个问题出来了,既然大宋官员那么不好做,为啥历史还诞生了那么多有名气有个性的官员?答案可以从两个字寻找:高薪。

宋真宗即位后,尤其与辽国签订澶渊之盟后,北宋进入长期和平发展时期。大中祥符五年(1012),文武官员开始有了一次大规模的"加薪",制定了从最高的三师三公到最低的侍禁,共22等俸禄制度。其中,三师、三公、东宫三师、仆射每月增发20贯;三司使、御史大夫、六尚书、御史中丞、两省侍郎、太常等每月增发10贯;朝官、诸司使每月增发3000钱;京官、大使臣每月增发2000钱……品阶最高的三师三公,一年俸禄便高达1440贯（一月120贯，1贯等于1000钱）。

这样的加薪模式一旦开启，就再没有停下来。宋仁宗时期颁布《嘉祐禄令》，详细规定了自节度使到内品共41等的俸禄制度，正式完成了由唐之前的按官品定俸禄向按本官定俸禄的转变，并确定了以现钱为主、以粮米衣物为辅的俸禄支付方式，将宋朝官员的俸禄水平推上一个高峰。

比如，仁宗朝的宰相（中书门下平章事、参知政事）和枢密使，月俸300贯；赐冬春服，绫200匹、绢30匹；月给禄粟100担；元随傔人衣粮（官派佣人）70人；二月至九月，每月发炭木100秤，十月至正月，每月发炭200秤；俸盐每年7担；月给纸、马匹饲料等。仅从月俸一项来看，仁宗朝的宰相一年就能领取360万钱，相当于万亩良田一年的产出。

宋神宗时期，朝廷元丰改制，旨在裁撤冗官，厘清各机构职能，遂颁布《寄禄格》，使官员的"官"和"差遣"相契合，称为职事官。元丰改制后官职合并，官员的收入由两部分组成，一是寄禄官的本俸，二是职事官的职钱。

此之后，宋朝官员的俸禄虽有调整，但都保持着极高的水平，即便是北宋灭亡南宋建立，在经过早期的财政困难后，南宋也迅速恢复了北宋时期的俸禄制度，官员的收入只多不少。以开封府尹时的包拯为例。包拯在宋仁宗嘉祐元年就任开封府尹，其官职为龙图阁直学士、尚书省右司郎中、权知开封府事。仁宗朝《嘉祐禄令》规定，龙图阁直学士每年的俸禄是铜钱1656贯，绫10匹，绢34匹，罗2匹，棉100匹；开封府尹每年的公使钱为18000贯，添支钱为1200贯，粮360石，柴禾240捆，干草480捆。开封府的职田为20顷，按照范仲淹一亩地产一斛粟卖 300 钱的说法，开封府尹职田一年所得 600 贯（60 万钱）。

除去绫罗布匹、佣人、茶食、薪炭盐纸等不计，单算钱粮，包拯一年的现金收入就有 3456 贯（直学士本俸＋添支钱＋职田），再加上 18000 贯自由支配的公使钱。

有了如此让人羡慕的薪水，就会吸引社会上最优秀的人才到官僚队伍中来。你既然拿了一份足够体现尊严与体面的薪水，当然得履行职责，尽心尽力为朝廷办事，全心全意为百姓服务。工作中受一些委屈，那是天经地义的。所以，对于越级上告，宋朝可谓完全动了真格，并非只是形式上做给老百姓看。登闻鼓院和登闻检院两个部门，就专门受理民告官的案子。登闻院直接对皇帝负责，所有案情都要呈皇帝过目。如果登闻院不受理，还可以拿着判决（不予审理通知书）跑去拦御驾把状子直接呈给皇帝，当面告御状。

由此一来，老百姓真的无"法"无"天"了。

很多百姓都跃跃欲试，想尝尝告御状的滋味。应该说，中国的百姓本来是纯朴的，真正的"刁民"少之又少（过去的历史事实表明，很多时候，"刁民"都是给"刁官"逼出来的）。朝廷心里自然也清楚，他们无事，不太会去诬告一方官员。况且告状的成本也不低，一来要请人写状子，二来要去衙门擂鼓喊冤，都是个麻烦事。特别是如果要越级告御状，千里迢迢到京城，对于一个服侍田地的庄稼人而言，高昂的成本更是难以承受。如果真的遇到这样的百姓，肯定有冤情要伸，往往还会是重大的冤情。

所以，新鲜感一过，老百姓知道朝廷是要"为民做主"的时候，心里也就坦然了。老百姓感到被尊重，心里有了底气，这样的底气和尊重比什么都重要。

词条　宋朝宰相

北宋以"同平章事"为宰相的正式官名,以参知政事为副相。宋初实行"二府三司制",宰相职权被一分为三,中央虽设三省,但三省及六部长官不经特许不得管理本司事务,成为闲职。实际权力归属"中书门下"这一机构,又称政事堂、都堂等,管理国家行政事务,以同平章事为长官,多由中书、门下两省侍郎担任,无定员。此外,以参知政事为副相,分割行政权。枢密院为中央最高军事机构,长官为枢密使,与政事堂合称"二府"。"三司"(户部、盐铁、度支)主管财政,号称"计省",长官为"三司使",号称"计相",地位略低于"二府"。二府三司各自独立,互不统属,直接对皇帝负责,构成最高辅政机关。宋神宗元丰改制,废除二府三司制,以左、右仆射为宰相,左仆射兼任门下侍郎,右仆射兼任中书侍郎。有宋一朝共历18帝,享国319年,计137位宰相,开国宰相为范质,亡国宰相为陆秀夫。较为著名的有赵普、王安石、张齐贤、吕蒙正、李昉、王珪等。

逼出来的开明

《水浒传》里有一个著名的情节，高衙内强抢八十万禁军教头林冲的老婆，将林冲逼上梁山。我们可以这样断定，这事要真的发生在宋代，高衙内基本等于自寻死路。所以《水浒传》只是小说，并不真实。

为了更进一步了解大宋民告官的真实情况，我们不妨再看看涉及皇帝母亲的一个案例。宋哲宗年间，发生过一起强拆案，牵涉哲宗生母朱太妃。说朱太妃娘家朱氏，申请在自家祖坟修庙，时任户部尚书的蔡京大笔一挥，批了一块地给朱家。可能蔡京心想，整个江山都是赵家的，何况还是一国之太后，这样的顺水人情既是权力之内，也是情理之中，有什么问题呢？地虽然批了，但朱家修庙时却遇到了麻烦。地的周围有人住，朱家要求这些人搬走，并出示了蔡京签字的文书。

拆迁户很是不满，跑去开封府告状，开封府秉公审理，判决"所拓（拆迁）皆民业，不可夺"。言下之意，这都是人家私产，不能强拆。拆迁户们还是不满意，因为没有赔偿，转头又去了登闻鼓院，登闻鼓院很快做出了判决，罚蔡京二十金。这里需说明的是，宋朝的金分三种，除了黄金外，还有赤金和白金。赤金是铜，白金是银。估计这里对蔡京的罚金，应该指的是铜，如果真是黄金的话，蔡京损失可就大了。

"官员难做"和"百姓告状"所体现出的，其实是文明的进步。打官司总比打群架好，民众告官也比官逼民反好。如果他们连皇帝都敢告，在皇帝面前都能主张权利，有这样宽松的社会环境和政治氛围，谁还会去造反呢？

虽然继承了唐、五代时期的基本政治架构，但宋代皇帝为了加强中央集权，在正常的官僚制度之上，还另外加上了许多监管措施，防止官员擅权。除了上面所说的让老百姓来监督官员外，权力分配上也时时事事防止官员坐大。有唐一代，宰相的权力很大，但到了宋代，为了分散宰相的权力，除专门设置了副宰相（参知政事）之外，兵权也分了出去，归枢密院；财权也分了出去，设置了三司使，号称计相。

位高权重的宰相，权力都进行了拆分，何况其他岗位上的官员？《宋史·职官志》说，地方官制上，财权、军权、行政权力也各自分离，官员皆由中央任命，并且互相牵制。

宋朝是在五代十国废墟上建立起来的新政权，为了防止国家的再次动荡，宋太祖赵匡胤就通过制度来解决国家的稳定问题。在赵匡胤杯酒释兵权后，这位大宋的开国皇帝就吸取五代时期的经验，对宋朝的中央体系进行了全面改革。和唐朝不同的是，宋朝的宰相不再由三省长官负责。宋朝设立"同中书门下平章事"，然后，又给"同中书门下平章事"设立了参知政事。

一个正宰相，一个副宰相，宋朝宰相的权力就萎缩了。随后，宋太祖又在中央设立与宰相平级、掌管军事的机构——枢密院，中书门下和枢密院被称为"二府"。这是宋朝的最高军政机构。"二府"之外，宋朝又设立了掌管财政大权的三司。这就形成了宰相、枢密院和三司的"小三权分立"。为了对宰相、枢密院和三司进行监督,宋朝又在御史台之外单独设置了台谏机构。台谏机构增强了宋朝的监察职能,专门负责弹劾不法官员。这样,在"小三权分立"的基础上,宋朝整个中央政治体系又形成了皇帝—行政(包括宰相+枢密院+三司)—监督(御史台+台谏)的"大三权分立"。

从"小三权分立"到"大三权分立",这种政治体制设计,在中国历史上堪称完美。

我们常说,自秦以来的封建时代是长达两千多年的专制统治。对于大宋的这种设计,我们也可以这样表述,即便统治是专制主义的,那也是开明的专制。只是人们不明白的是,宋代政治为什么会刀刃向内,如此开明?对历史有独特解读的易中天先生曾一语中的:这都是"逼"出来的。

看看两宋时期的地图,就不难理解这种"逼"的原委。宋与多个少数民族政权并立于中华大地。两宋时,有辽、西夏、金、大理等多个政权与宋并立。

也就是说,宋王朝从来就不像汉唐那样是天下一统的王朝——战战兢兢如履薄冰,低调是必然的。

宋,为什么不能重振汉唐雄风?有专家单刀直入直指命脉——因为没有足够而像样的骑兵。冷兵器时代,没有骑兵的部队就像今天的军队里没有炮兵一样,马镫子发明以后更是如此。一百多年前的满人,都还十分珍视马匹和骑射术。他们眼里,只有马,才是将利器投掷到对手阵营最高效的工具。我在刚刚出版的《窄门》一书中,介绍过爱新觉罗家族与骑射的故事:

当时世界上最为先进的"反曲弓"和"复合弓",其力量远远超过欧洲的同类兵器,非常适合战士在马背上使用。这种弓箭至少可以精确地射中300米外的目标,可以射穿约100米外的盔甲。

骑手的箭袋一次可以带15支箭。也即是说,一名优秀的骑手,可以用这"15发子弹",轻松地解决建制在一个"班"以上的敌手。

正因为大唐有骑兵,才能把一个农耕民族的国家送上世界帝国的位置,势力范围直达中亚细亚。可惜,大宋的"大"根本没法跟大唐的"大"相比,根本原因是他们的疆域里缺少可供养马的天然草原和牧场。那些青青草原和悠悠牧场,都在辽、金等敌国的疆域。大宋咸平四年(1001)八月,清远军(初为清远镇,后置军,治今宁夏回族自治区同心县东)被西夏攻占,唇亡齿寒,北边的灵州瞬间变成一座孤城,如果灵州再丢,整个河套地区就彻底丢了。河套一丢,不仅是领土损失的问题,宋朝就完全没有养马的马场了。西北和东北牧场在安史之乱以后就不属于中原王朝,华北牧场又被石敬瑭出卖,河套地区后来又归了西夏。没有了马场,就相当于现代国家没了坦克制造工厂,这在战场上可是要命的。

于大宋而言,战马,成了稀缺资源。

相反,契丹在这方面有着天然优势。据说,他们每个战士配置有三匹军马,两匹用来行军,一匹用来打仗。也就是说,契丹军队千里奔袭时,是两匹马轮换着飞奔的,速度当然快;到了战场,又换乘体力充沛的战马,战斗力当然强。这让大宋很是羡慕。

当然了,这样的军队,就好像草原上随时都能给对手致命一击的鹞子或鹰隼。难怪契丹人称骑兵为"铁鹞",正是源于此。

  天命如此。不能攘外,便只好安内。就必须政治开明,甚至不惜放下身段讨好方方面面。讨好文官的办法,是既要增员又要加薪;讨好军队的办法,是默许他们经商盈利;讨好民众的办法,则是在荒年将灾民收编入伍,由国家养起来。

  宋代不是隐逸的时代,知识分子在宋代突然来到一个空前广阔的政治舞台。这是因为赵匡胤在"杯酒释兵权"、使武将交出兵权的同时,开始大批起用文官,其中的道理并不深奥——那些军功在身的武将们随时可能威胁政权,而文人们最多写篇文章指桑骂槐。所以赵匡胤大幅度地提高了文人的参政权,许多文化大师,诸如范仲淹、王安石、司马光等,都被放到极高的职位上。

  宋王朝的宽松政策表现在两方面:让知识分子在朝堂上敢说,有自主性;让老百姓在生产上敢做,有创造性。知识分子都有一个脑袋,要想;都有一张嘴巴,要说。历史上却并非如此,秦、汉、元、明、清各代,动辄得咎,知识分子的日子都不好过。秦代的焚书坑儒,不必多说;刘邦、朱元璋这种流氓皇帝对知识分子存在一种本能的仇视,每以杀、辱知识分子为乐事;明、清两代的文字狱,让知识分子活得胆战心惊。

  五代时期,那些做皇帝的不是职业杀手(私盐贩子、黑社会武装头目),就是出身边疆少数民族的雇佣军军官。他们一辈子打打杀杀,除了杀人没有别的本领。大军阀安重荣(五代十国时期后唐、后晋时期将领)曾公然称:"今世天子,兵强马壮则为之耳。"只要有军队,会杀人,就能做皇帝。因此,这些皇帝人人一脸横肉,个个杀气腾腾,一语不合,立刻在朝廷上动刀杀人。在他们的统治之下,人口锐减,到处不见人烟。

自秦以来,改朝换代没有不杀人的,其差别只是杀人多少而已。开国之后为了收回兵权,大杀功臣又成了定例。汉代是一个一个地杀,到了明代,就是一批一批地杀。后周与赵宋之间的改朝换代,竟然通过谈判解决。那些杀人魔王兽性逐渐收敛,人性逐渐恢复,理性也逐渐培养起来。比较而言,宋代算得上知识分子的黄金时代。政治上宽松一点,准许你想,准许你做,就连笨人也会聪明起来,因为实践出真知。

尽管大宋朝廷对士大夫不乏贬谪流放这些惩罚措施,但他们很少像商鞅、李斯那样被杀死,或像司马迁那样被处以酷刑。这样的政治待遇在秦汉、魏晋都是不可想象的,连隋唐也没有达到这样的程度。唐代固然为职业官僚留下了一片天空,但唐代文化大师,如李白、杜甫、王维、白居易、杜牧、李商隐,却被隔绝在政治系统之外。

军阀出身的赵宋官家心里很清楚,要对付强大的契丹和西夏,必须全国上下拧成一股绳,形成一股强大的力量,才会有取胜的可能。因而,他们不惜放低姿态,卧薪尝胆,试图将所有宋人团结在自己的周围。

这样的倒逼,肯定会释放出与诸多朝代所不同的东西出来。强大的外部压力,逼出了依法治国的政治文明和自由贸易的市场经济,但也带来了无法承受的经济压力以及难以释怀的民族屈辱,也会倒逼出不得不进行的艰难改革。

有宋一代(特别是北宋中后期到南宋)没有因农民起义而颠覆政权,足以证明,治下百姓的日子至少真的还"过得下去"。

内忧解决了,唯留外患。

北宋时期皇帝直接掌握军队的建置、调动和指挥大权。其下军权由三个机构分任。枢密院为最高军事领导机关，掌军权及军令；三衙，即殿前都指挥司、侍卫马军司和侍卫步军司，为中央最高指挥机关，分别统领禁军和厢军；率臣，为禁军出征或镇戍时临时委任的将帅，统领分属三衙的禁军，事毕皆撤销。兵力的配置上，宋朝军制遵循"强干弱枝，内外相维"的原则。禁军中最精锐的殿前军驻守在京城，侍卫亲军驻扎在各地。京城的人马最为精强，各方镇知道兵力不敌，不敢造反，这就是"强干弱枝"。如果京城有变，在各地驻扎的禁军联合地方的兵力，也足够对付变乱。这样就"内外相制，无轻重之患"，这就是"内外相维"。北宋军队由禁军、厢兵、乡兵和蕃兵组成，以禁兵为主体构成一种中央军和地方军、正规军和非正规军相结合的武装力量体制。禁军编制为厢、军、营（指挥）、都四级。厢辖10军，军辖5营，营辖5都，每都100人。厢军属地方军，名为常备军，实是各州府和某些中央机构的杂役兵。乡兵也称民兵，是按户籍丁壮比例抽选或募集土人组成的地方民众武装。蕃兵是北宋西北部边防军，由陕西、河东与西夏接壤地区的羌人熟户部族军组成。土军和弓手属地方治安部队。

词条　宋朝兵制

大宋之"路"

大宋顶层设计有一套创新性的思路,那就是"路"的形成。这看似从唐代"道"的基础上演变而来,但其内涵和外延已经大不一样。

自从秦始皇统一中国之后,历代都面临着一个问题,就是如何能够有效地管理地方。因而,各个朝代就在不断地探索和创新。秦创设郡县制,汉创立了州,唐代有了道,宋朝有了路,元代设行省,明清设三司……为了有效地管理地方,统治者可谓煞费苦心。

中国秦朝和汉朝都是两级政府,郡县制大致相当于今天省县两级制。秦三十六郡。汉武帝时初设十三个刺史部,直到黄巾起义时,汉又设了"州",形成州郡县三级制。直到唐代又在州上面新设一个"道",又有了直接听命于朝廷的节度使。宋的统治者认为,唐的最大教训是藩镇权力太大,决定推行集权。因而,宋设了一个省一级的政区——"路"(相当于朝廷的派出机构,不设集中的路级政府)。

这里主要探讨一下宋代的"路"。宋朝"路"制,总结了前朝制度利弊,带有鲜明时代特色的权力分散、制约、制衡的意图,在功能和运行体制上有了突破和创新,这样的管理和创新,透露出大宋特有的充满想象的开明之风。

　　有了这样的思路垫底，宋朝行政区划就有了明确的指向。"路"的设置，便是为了"强干弱枝"和"鞭长能及"，为了将中央大脑的意图传达到国家的神经末梢。路就是直辖于中央并高于府、州、军、监的一级监察区。至道三年（997），共分十五路，后析为十八路，又析为二十三路。之后加上京畿路，计二十四路。

　　通俗一点讲，大宋有如一支足球队，中央和地方类似前锋与后卫，而"路"，就是连接前锋与后卫的中场，很大程度上起着上情下达、下情上报的调度作用，又代替中央管理地方，还代表地方向中央提韬略要政策等。因而，大宋朝廷对"路"这样一个"中场"十分倚重，朝廷只要牢牢抓住了他们，整个大宋江山就可确保无虞。

　　宋太宗淳化四年（993），全国合并为两京（东京、西京）十道，仅仅运行了一年即废。后来正式改道制为路制。

　　这，就是路制的开端。

　　最早的十五路为京东、京西、河北、河东、陕西、淮南、江南、湖南、湖北、两浙、福建、西川、峡西、广东、广西，其中七路之名，至今仍然沿用。

　　仁宗时，将京东路的开封府与京西路四州提出来，纳入新设置的京畿路，又将与辽相接的河北路析为四路，遂成十九路。其思路更为明显，就是加强首都的功能和边疆的巩固。

　　神宗末期，以开封府十六县为特别区，又重定为二十三路，即京东、河北、淮南、江南四路各分东西，凡八路，京西路分为南北二路，陕西路分为永兴、秦凤二路，西川、峡西二路改划为成都、梓州、夔州、利州四路，合河东、两浙、福建、荆湖北（原湖北）、荆湖南（原湖南）、广南东（原广东）、广南西（原广西）七路，共二十三路。

我们知道，北宋建国，看似结束了五代十国的纷争局面，"杯酒释兵权"得天下的"赵家天子"，却面临这样一个现实困境：对外，北面有辽的兴起，西北有西夏的觊觎，三方鼎立的局面随时都可以形成；对内，数百个州府，难以由中央直接统管，但又不愿意在府州以上再增设一级行政机构，导致其与中央分权，分庭抗礼。

于是，才有了适时适宜的、既有长远考量又有现实针对性的不断调整。

崇宁四年（1105），宋徽宗将国都开封府置为京畿路，合称为二十四路。

至此，经过几轮调整，宋代"路"的结构才算完成。但每一个皇帝根据国家不同时期的内外局势，又做了些调整。比如南宋时期，高宗南渡后仅保十五路，但以钱塘江为界分两浙路为东西，号十六路：两浙东路、两浙西路、江南东路、江南西路、淮南东路、淮南西路、荆湖南路、荆湖北路、京西南路、广南东路、广南西路、福建路、成都府路、潼川府路、利州路、夔州路。

宋朝的"路"和之前的"州"与"道"最大的区别在于，"路"分成了四个机构，一分为四，意味着地方权力大大削弱。这样的调整，也是借鉴了"前朝"的得与失。

循路前寻，宋朝"路"的出现，最初源于北宋灭后蜀之战中。乾德二年（964），宋军征讨后蜀，西征军的主力北路军统帅就称呼为凤州路都部署，凤州即陕西凤县。西魏废帝三年

（554），改南岐州为凤州，统五郡：归真、广化、两当、武阳、广世。宋太祖大举讨伐后蜀，以忠武节度使王全斌为西川行营凤州路都部署，崔彦进为前军副都部署，统领行营前军，率禁军步骑二万、其他各州兵一万出凤州道。

宋太祖讨伐后蜀之后，以交通主干道为依归，划分出相应的行政区域。随着王朝的繁荣，"路"渐渐演变成了地区，到了宋太宗时期，条件成熟后，遂将全国分成了十五路，"路制"才基本上替代了以前的"道制"。

宋太宗至道三年（997），按天下土地形势始分全国为十五路之初，主要还是为了"通过分权而集权"的宗旨。有一个重要的角色不可忽略——转运使，成为北宋中央政府派遣至各路掌管财赋和监察的权力枢纽。起初，朝廷赋予转运使的权力很大，一度使得转运使成为一路最高长官，几乎控制了全路地方行政事务，无所不"掌"，"边防、盗贼、刑讼、金谷、按廉之任，皆委于转运使"。这显然不符合宋朝行政机制的运行理念，宋真宗时，又在原有设计基础上"打补丁"，设置了另外二个司职来牵制：一为提点刑狱使，总揽一路司法，俗称"宪司"；一为安抚使，主持一路军政，也兼管民政、司法和财政，常由本路最重要的州府长官兼任，俗称"帅司"。神宗时，又继续"打补丁"。一度增设了提举常平司，主管本路常平仓、义仓、免役、市易、坊场、河渡、水利之事，俗称"仓司"。有了新法后，这个"补丁"又取消了。

权力被"稀释"后的转运使，只管一路财赋转输和民政，简称"漕司"。

这样，宋代的一路之中，就有了三位行政长官（神宗时为四位）：帅、漕、宪三司，总称"监司"，又号"外台"。他们各司其职，互相牵制。

路制的建立，提高了行政效率，强化了中央政府对地方的管理，巩固了中央集权。宋人形象地比喻："朝廷以一纸下郡县，如身使臂，如臂使指，无有留难，而天下之势一矣。"诸司并立，将地方政权、财权、司法权、军事权完全分割开来，使得地方难以形成一个完整的权力中心，彻底避免了汉唐以来"节镇太重、君弱臣强"的致命缺陷。地方无力对抗中央政府，地方割据的因素被牢牢限制，纵使你有三头六臂，也难以成势。

结果也如此，两宋三百多年，地方都没有出现足以叫板中央政府的势力。路制基本上解决了汉唐军阀割据的弊病，因而也被之后的元明清三朝所效仿。

一路下来，统治者对于地方实行的制度达到了理想的效果。他们可以安稳地在宽大的卧榻之上睡个好觉了。

纵观北宋这复杂的顶层设计，随着"路"的机构的产生，宋代成了中国历史上官僚制度最复杂的朝代，各级政府机构盘根错节。体现在军事上尤其如此，为了限权，除了遗留下来的枢密使制度外，宋代还设置了由殿前司、侍卫马军司、侍卫步军司组成的三衙，共同统领全国的禁军和厢军。

所谓禁军，即北宋的中央军。除防守京师外，还分番调成各地，使将每发一兵，均须枢密院颁发兵符。禁军士兵实行募兵制，一旦入伍，终身服役，直至老疾退役。所谓厢军，即北宋的地方军。其组成主要是招募的饥民，部分来自流放的罪犯，还有禁军中不合格的士兵。厢军俸钱只有禁军的一半，故战力不高（其实，禁军作战能力也不是太高）。《宋史·兵志》载：

或募土人就所在团立,或取营伍子弟听从本军,或募饥民以补本城,或以有罪配隶给役。取之虽非一途,而伉健者迁禁卫,短弱者为厢军。

北宋冗兵很多,军队成分也极为复杂,除了禁军和厢军外,还有乡兵和蕃兵。更为复杂的是,士兵平时训练时是一批军官带领,而打仗时又是另一批军官率领。其具体分工是,三衙负责练兵,枢密院负责调兵,而打仗时还要另设将帅领兵。这且不说,路、州、县各个地方政府还设有各种各样的军事职务,负责当地驻军的监管、协调和后勤工作。

靠带兵起家的赵氏家族深谙兵道。虽然这样的设计杜绝了兵变的可能性,但部队的战斗力也显著下降。正所谓"鱼和熊掌不可兼得",宋朝的军人有百万之众,数量十分庞大,但却是历史上战斗力极低的。"打败仗""一败涂地",一度成了大宋军人尴尬的标签。

正如朱熹所言:"兵也收了,财也收了,赏罚刑政一切收了,州郡遂日就困弱。"

词条　北宋科举

科举之制，起于隋唐，终于明清，延续千余年。北宋科举有许多新举措。一是罢公荐、停公卷。公荐，是指科举开始前，台阁近臣可以向科考官员推荐一批有才学的士子。公荐制度宋太祖时期被紧急叫停。公卷，与公荐相似，允许士子科考之前向考官呈上自己的大作，作为成绩的参考。北宋政府先是试图对此制度做出限制，最终取消了该制度。二是增加考官：唐代考试内容都由一位礼部侍郎来完成，从命题到成绩都是这位礼部侍郎的工作，容易发生舞弊；到宋代，增加考官，让考官们互相牵制，而且每任考官都由皇帝亲自临时指定，有效遏制了徇私舞弊的现象。三是别头试。别头试是一种回避制度，譬如说考官的子侄等与考官具有亲密关系的士子来考试，就需要另派考官，在别院就试。四是糊名。具体方法是将士子的姓名、年龄及籍贯全部糊上密封，让考官在不知学子身份的情况下阅卷，待到成绩公示，再解开糊名。后来为了防止考官通过字迹辨认出考生，北宋政府决定让人将所有考卷誊抄一份，叫作誊录制。

"道"与"路"的肇始

据考证,"道""路"之名称最早出现于周代。

周代郊外"以土地之图经田野,造县鄙形体之法。五家为邻,五邻为里,四里为酂,五酂为鄙,五鄙为县,五县为遂"。邻、里、酂、鄙、县、遂为大小不同的区划的名称。区划单位的大小与土地多少紧密相连,"十夫,二邻之田;百夫,一酂之田;千夫,二鄙之田;万夫,四县之田"。十夫、百夫、千夫、万夫中的"夫",是土地面积单位,一夫为一百亩。

周朝统治者为了治理郊外大小不同的政区,设置了宽窄不同的路:

凡治野,夫间有遂,遂上有径;十夫有沟,沟上有畛;百夫有洫,洫上有涂;千夫有浍,浍上有道;万夫有川,川上有路,以达于畿。(《周礼·遂人》)

径、畛、涂、道、路,均是周代郊外田野中宽窄不同的路的名称,其中"径容牛马,畛容大车,涂容乘车一轨,道容二轨,路容三轨"(《周礼注疏》)。显而易见,"道""路"是周代井田制下,行政区划中宽窄不同的路的名称。

到了唐宋时期,"道""路"才真正演变为一种行政区划。历史学家贾玉英考证认为,唐初的道有三种,第一种是行台省统领的道,第二种是军事防御道,第三种是行政监察区道。唐朝立国之初,高祖李渊为笼络前来归降的隋朝官吏,"割置州县以宠禄之",自此"州县之数,倍于开皇、大业之间"。贞观元年(627),唐太宗为了革除此弊,在合并州县的同时对地方行政监察体制进行了改革,设置了关内、河南、河东、河北、山南、陇右、淮南、江南、剑南、岭南等十道。史载:

上以民少吏多,思革其弊。二月,命大加并省,因山川形便,分为十道:一曰关内,一曰河南,三曰河东,四曰河北,五曰山南,六曰陇右,七曰淮南,八曰江南,九曰剑南,十曰岭南。(《资治通鉴》)

唐太宗以后,唐道的体制变迁经历了一个复杂的过程。神龙二年(706)二月,唐中宗"选左、右台及内外五品以上官二十人为十道巡察使,委之察吏抚人,荐贤直狱,二年一代,考其功罪而进退之"(《资治通鉴》)。"凡十道巡按,以判官二人为佐,务繁则有支使。"(《新唐书》)也就是说,唐中宗朝十道巡察使职能、升迁考核制度的明确及判官、支使的设置,标志着唐道正式演变为实体监察区划。

宋代的路是地方行政制度的组成部分,而且也是地方监察制度的重要组成部分。

五代后唐明宗即位,恢复了唐朝诸道巡院制度。唐明宗的这一改革,奠定了北宋初年转运司路制体系之基础。贾玉英教授认为，宋代路体制的源头，是唐后期以来的诸道巡院及五代的转运司。宋人司马光在仁宗嘉祐七年（1062）五月上疏中说：

及大宋授命……于是节度使之权归于州，镇将之权归于县。又分天下为十余路，各置转运使，以察州县百吏之臧否，复汉部刺史之职。使朝廷之令必行于转运使，转运使之令必行于州，州之令必行于县，县之令必行于吏民，然后上下之叙正，而纪纲立矣。

司马光的这段文字，已经把转运使"察州县百吏之臧否"的监察性质，及"转运使之令必行于州"的行政职能，说得很清楚了。

宋路设置最早的地区是川蜀。开宝三年（970）七月，太祖"诏蜀州县官以户口差等省员加禄，寻诏诸路亦如之"（《宋史》卷2《太祖二》）。这是北宋征服后蜀之后，相关政策诏令中的"诸路"已经有了行政区域的含义。此后，伴随统一战争的顺利进行，路制也在不断随形势的变化而发展。一般而言，原后周统治区仍称"道"，新征服的地区多为"路"。道经过唐末五代的政治变迁，已经基本上演变为地理概念，路则是新兴的行政监察区。

北宋初期的转运使路制区划，经历了几次调整。宋真宗一朝，对农民起义和兵变多发的川峡路，以及辖区较大的江南路进行了调整。咸平四年（1001）三月，宋真宗下诏，"分川峡转运使为益、梓、利、夔四路"，即将川峡路分为益州、梓州、利州、夔州等四路。

元丰八年（1085），正式确立了二十三路：

曰京东东、西，曰京西南、北，曰河北东、西，曰永兴，曰秦凤，曰河东，曰淮南东、西，曰两浙，曰江南东、西，曰荆湖南、北，曰成都、梓、利、夔，曰福建，曰广南东、西。

南宋时，针对蜀地"常赋出入，难以稽考"的问题，绍兴五年（1135）十一月，宋高宗又设置了四川都转运使，负责当地财赋的"通融移用"（《宋会要辑稿·食货》）。宋孝宗朝，伴随四川、陕西一些地区的收复，曾一度置陕西转运司路，但不久即罢。

北宋初年，"一榻之外，皆他人家"，统治区域有限，太祖忙于统一战争，无暇兼顾区划制度的改革。太平兴国二年（977）八月，罢节度使领支郡的制度以后，"又节次以天下土地形势，俾之分路而治"，正式确立了"土地形势"的路制区划理念。

宋太宗的"以天下土地形势，俾之分路而治"路制区划理念，是对先秦时期井田制下区划理念的发展，也是对唐道"因山川形便"区划理念的重大变革。其实际目的，还是铲除滋生藩镇割据的土壤。

这种游戏一般的"杂耍"，表面看上去高深莫测，实际上无论是政治、经济，还是社会，放眼望去，都没那么多高深和复杂的关系，深层次还在于不断寻求和谐之道。一是对外，二是对内，无他。这样的现状与实情，实际上在五代的时候便有展现。历史学家施展跳出战术的思维层面，站在历史和战略的高度分析：

五代中只有后梁，作为黄巢余脉，是出自中原系统，其余后唐、后晋、后汉皆是来自中原、草原过渡地带之晋北代地的沙陀系统，中间还插上短暂的契丹统治时期，最后一个朝代后周的开创者郭威，是河北出身的汉族，但也是沙陀军阀的部下，中原的秩序创生点还是来自过渡地带。

施展甚至认为，赵匡胤勉强也算受到沙陀系统（西突厥别部。分布在今新疆博格多山南，新疆东北部巴里坤湖东，名为"沙陀"的大沙漠一带，因此号称沙陀突厥，简称沙陀）的影响，因为他是郭威的部下。但毕竟有了后周的中介，更多的是中原属性了。豪族社会的统治基础是军事贵族，贵族就是军阀，行征兵制；而平民社会的中原王朝，其统治基础只能是财政国家，朝廷基于财政收入而进行募兵，对皇帝来说核心问题就是对财政能力的掌控，以及以此为基础对于军阀的消除。宋代主要执行募兵制，明代则有三种兵制：世兵制（军户、卫所）、征兵制（补充逃亡军户之不足）和募兵制。宋太祖以"杯酒释兵权"解决了这个问题，他十分精明地把将军们高官厚禄养起来（本章第一节已经有具体阐述）。施展称之为，"对内用财政手段解决军事问题"，只不过这种生意人一般的"买卖思维"代价有些沉重，从此军事孱弱。

从整个大中国的角度来看，中国的军事中心与经济中心又一次分离：军事中心位于大辽的上京临潢府，经济中心则位于大宋的江淮、江南地区。

正如学者施展所说的那样，这相当于国家对外"以财政手段解决军事问题"。如果真的仅仅把这次交易看成买卖的话，综合各种因素估算，大宋给出的这些条件性价比很高，应该算是其中的赢家。

金庸先生在《天龙八部》中也说，辽道宗耶律洪基欲图南侵灭亡大宋，实际上是小说家的虚构。真实历史是，在宋仁宗去世之后，宋朝使者去到大辽通告，辽道宗握住宋使的手，泣道："四十二年不识兵革矣。"直到后来昏君佞臣联金攻辽，中原才又遭兵祸。但是待到宋金和议成功后，南宋又向大金购买和平，再一次"以财政手段解决军事问题"。

我们不妨再仔细看看，千年前宋、辽签订的《澶渊誓书》，究竟有哪些于我们今天看来十分有益的重要内容：

友好关系的建立和岁币的交割，"共遵成信，虔奉欢盟。以风土之宜，助军旅之费"。

"每岁以绢二十万匹，银一十万两，更不差臣专往北朝，只令三司差人般送至雄州交割。"

两国结为兄弟之邦，辽圣宗尊宋真宗为兄，宋真宗尊萧太后为叔母。

疆界的规定，"沿边州军，各守疆界。两地人户，不得交侵"。

互不容纳叛亡，"或有盗贼逋逃，彼此无令停匿"。

互不骚扰田土及农作物，"至于陇亩稼穑，南北勿纵惊骚"。

互不增加边防设备，"所有两朝城池，并可依旧存守。淘濠完葺，一切如常。即不得创筑城隍，开拔河道"。

条约以宣誓结束，"誓书之外，各无所求。必务协同，庶存悠久。自此保安黎献，慎守封陲。质于天地神祇，告于宗庙社稷。子孙共守，传之无穷。有渝此盟，不克享国。昭昭天监，当共殛之"。

《澶渊誓书》中没有提到的还有很多，比如宋、辽首次正式结为兄弟之邦，互称南北朝，比如礼节、贸易、移牒关报，比如具有战争意味的地名的更改，"威虏军"改为"广信"，"静戎"改为"安肃"，"破虏"改为"信安"，"平戎"改为"保定"，"宁边"改为"永定"，"定远"改为"永静"，"定羌"改为"保德"，"平虏城"改为"肃宁"。

后世许多人对大宋的澶渊之盟给予全面否定，认为那是又一场"买卖"，甚至是国家的耻辱，不像是坐在朝堂之上一个男人干的事。而人们却对这样的事实几乎视而不见：大宋正是通过澶渊之盟向大辽购买了和平，使宋辽两国交好近120年未曾发生战争。

120年的和平意味着什么？从1004的澶渊之盟至1126年闰十一月完颜宗弼（金兀术）在漫天大雪中攻破大宋都城汴梁的"靖康之耻"，就在近120年里，大宋王朝通过一系列庄严的礼仪，重建了国家权威，恢复了生活秩序，树立了民族自信。

就在这120年的历史夹缝中，北宋孕育出了一大批政治家、思想家、文学家、艺术家，如同文艺复兴时期的意大利，在短时间内释放出强劲的文化能量，我们不妨再看看这个庞大而恢宏的阵容：柳永（约984—1053）、范仲淹（989—1052）、晏殊（991—1055）、欧阳修（1007—1072）、苏洵（1009—1066）、邵雍（1012—1077）、周敦颐（1017—1073）、司马光（1019—1086）、张载（1020—1077）、王安石（1021—1086）、沈括（1031—1095）、程颢（1032—1085）、程颐（1033—1107）、苏轼（1037—1101）、苏辙（1039—1112）、黄庭坚（1045—1105）、李清照（1084—1155）、张择端（1085—1145）……可以说，是他们这批忧国忧民、有着民族气节和历史担当的仁人志士,把儒家文化推向了一个新的高峰,对往后一千年的文明走向,产生了至为深远的影响。

从帝王的角度看,宋真宗赵恒不愧为一个真正的和平主义者,他是真正在倡导和平共处,从来不对打倒契丹王朝心存幻想。不论用什么方法,只要能让辽军撤兵不再闹事,让大宋的繁华之梦能够持续,他什么都可以做,他也什么都能做。宋真宗眼里,三十万岁币实在是小菜一碟。据后来宰相王旦的计算,这笔支出不及战争军费的百分之一,如果按宋朝政府的年度全部财政收入计算,还占不到0.4%。用这点代价结束战争,使百姓得以"生育繁息,牛羊被野,戴白之人(白发长者),不识干戈","人户安居,商旅不绝",实在是一桩划算的买卖。

起自东北的大辽,享祚218年,是直迄当时的草原帝国中最为长寿的。得以长寿的原因,施展归结为皇帝通过对农耕地区财富的掌控,来赎买草原上的军事贵族,从而克服草原政权周期性的继承危机。因此,在经济学者施展眼里,对幽云十六州农耕地区的掌控,是大辽得以长寿的关键;幽云十六州的土地面积虽然在大辽疆域内只占很小一部分,其人口却占大辽总人口的六成还要多。他们知道,这些用于制造财富的生产力,已经足够他们享用了。

真所谓世界就是一个江湖,各自有各自的分工,各自有各自的优劣,如何扬长避短,就考验执政者的智慧了。据卡尔·魏特夫的统计,在辽代后期,国内的契丹人口约75万,渤海人(农耕渔猎混合经济)约45万,渤海人以外的藩部约20万人,汉人约240万人。汉人里有一部分是在长城以北农耕(辽代处在小暖期,传统的长城线以北也有农耕区),主体还是在幽云十六州;如果再加上渤海人的农耕部分,则大辽国内部的农耕人口比例还会进一步上升。

正是因为大辽的长期存在，使其成为大宋可以长期交易的草原霸主，大宋方得以稳定地用确定的财政方案解决军事问题。倘若大辽是个短命帝国，大宋将面临草原上各种无序力量的冲击，则大宋或者更早地亡国。或者只能选择大明的方案，也就不会有我们后来所知道的基于和平与雍容而成的"造极于赵宋之世"的中原文化了。（施展《商贸与文明》）

从这个角度看，被割走的幽云十六州，一方面是大宋的心头之痛，另一方面也是其安全的必然要件。其中得失，史家历来见仁见智。

站在今天的角度看，大宋的一系列做法有些难以理解，无论是跟后世还是跟我们今天看到的国际关系和政治都有些南辕北辙。没办法，这就是大宋的国策。有点像前面所说的大宋皇帝受理百姓状告、丞相降级的处理一样，我们虽然"看不懂"，但这的确就是真实的大宋。

自宋以后"漫长的封建岁月"里，中国还没有过"平民社会立国"的国策历程。所以，我们眼里的大宋人的思维方式和处世哲学，多少显得有些另类。

实际上，大宋的那些国家管理者们，并不比我们笨。谙熟于历史的他们知道，自秦汉以来，不可摆脱的"草原元素"就是令历朝统治者们最头痛的问题。没办法，适者生存。大家都要过日子，我打不过你，咋办？金钱买和平。你来骚扰我、打我，目的还不是为了财富吗？我就给你呗。彼此安好，何乐不为？

词条　南宋科举

南宋科举有很多独特的举措。一是结保，要求参与考试的学子递交家状和保状，随后以三人至十人为一保，一保之中，凡有人作奸犯科，"同保当连坐，不得赴举"。二是严厉监考。为了应对考场中的怀携夹带、传义代笔等行为，南宋政府特意增加监考人员，当时称为"厢官"。厢官负责在各处巡逻，若是发现舞弊行为，甚至还有奖励。而且，南宋还有另一种监考人员，这就是专职官，负责多方潜查，贴身检查，搜寻怀夹，并且在各处巡逻，堵塞一切漏洞。南宋之前，要是舞弊被抓到，其代价往往是"殿二举"，也就是之后两次科举不得参加，而在南宋之后，代价则是"殿五举"。三是废除漕试。所谓漕试，就是对官僚子弟的一种优待，其解额较为宽裕。南宋政府每年减少漕试的录取人数，连年如此，并且提高参加漕试的门槛，最终在淳熙十六年（1189），废除了漕试这一制度。四是户籍管理及复查复试。将各地考试时间调整为统一开考，杜绝了利用开试日期不一致的时间差在多地应试的现象。清理了大量的多头户籍，并且立下了严苛的相关刑法。此外制定了试卷的复查制度，所有的合格试卷会被送入礼部，待考试结束后进行复查，但凡有试卷与殿试字迹不同者，一律以作弊论处。

"四路"来风

咸平四年（1001）三月，朝廷下诏，将地处今四川盆地一带的西川路和峡西路这两个省级行政区，分拆成了益州路、梓州路、利州路、夔州路，合称为"川峡四路"或"四川路"，并设四川制置使、四川宣抚使等官职。"川峡四路"简称"四川"，四川由此得名。

川峡四路的行政管辖区域大致包括：今四川大部、陕西汉中秦岭以南的子午河、星子山以西地区，贵州的安顺、贵阳、遵义、铜仁等区域，以及甘肃文县。具体说来：

益州路：治所益州（成都市），含今四川省成都市、雅安市、乐山市、德阳市和绵阳市的安州区、北川县、江油市等地。

梓州路：治所梓州（四川三台），含今四川省绵阳市的三台县、盐亭县，遂宁市，内江市，自贡市，宜宾市，南充市，广安市，泸州市，达州市的渠县、大竹县，重庆市合川区、潼南区、铜梁区、大足区、荣昌区、永川区和贵州省的六盘水市、毕节市以及云南省昭通市等区域。

利州路：治所兴元府（陕西汉中），含今四川省绵阳市梓潼县、平武县，巴中市，广元市和陕西的汉中市等区域。

夔州路：治所夔州，含当时的达州、恭州、黔州、施州、忠州、万州、开州、涪州、珍州。

一个问题出来了，宋朝初年的蜀地，为什么要这样分拆？答案很清楚，防止造反。本书第2章和第3章，分别介绍了北宋初期所面临的复杂局面，以及北宋如何将四川作为一个"货币特区"进行治理的过程。

宋朝征服后蜀，拿下四川，过程异常顺利。从964年十一月发兵，到后蜀皇帝孟昶投降，一共只用了六十六天。但搞定了皇帝，并不等于搞定了皇帝治下的官员和百姓。

换一句话，"搞定了皇帝"，恰恰就是麻烦的开始。

北宋初治蜀地，可谓反声四起，此起彼伏。北宋初年，蜀地这块土地，几乎是在反抗与镇压之中交替度过的：965年，全师雄之乱；993年，王小波、李顺起义；997年，刘旴之变；1000年，王均之乱。

人们不禁要问，蜀人真的就那么爱造反吗？在以"宁为太平犬，不为乱离人"为古训的时代，造反于他们有什么好处？成都平原，沃野千里，这里自古是安乐窝，谁不想安居乐业？

事实上，或许正因为安逸日子过惯了，只要中原政权打过来，偏安一隅的蜀人就少有抵抗。秦灭蜀离我们太远，就不多说了。东汉刘秀打过来，不到两年拿下；刘备入川，不到两年拿下；东晋桓温伐蜀，四个月；五代后唐灭前蜀，七十五天；赵匡胤灭后蜀，六十六天。

这样的结局，以至于孟昶宠妃花蕊夫人留下一句千古名句："十四万人齐解甲，更无一个是男儿。"这说的是蜀中男人窝囊，与北宋初年蜀人爱造反的形象背道而驰。就连后蜀皇帝孟昶到最后还在抱怨:"吾父子以丰衣美食养士四十年,一旦遇敌,不能为吾东向发一矢。"我对你们那么好,到了用你们的时候,为什么连一支箭都不肯射出去!

不过话说回来,这样的极端例子,肯定不能说明四川人没血性。历史上,四川人是极具血性的。比如,为了抵抗蒙古人攻打宋朝,四川人整整守了五十年,直到南宋皇帝投降后,四川仍坚持抵抗了三年。清军入关,四川也持续抵抗十余年。抗日战争时期,作为大后方的四川,天远地远跑到抗日前线,川军三百多万将士穿着草鞋出川,死伤六十余万。其事迹惊天地泣鬼神,你能说没血性?

不说远了,我们还是回到北宋初年的四川。严格而言,宋代初年的蜀地叛乱不断、血流成河,其起始原因是北宋军士滥杀无辜,这一点在第 2 章已经有过具体交代,不再赘述。更深层次的原因,则是朝廷在镇压过后又对四川财富的掠夺(其过程第 3 章也有详尽阐述),以至于从未到过蜀地的唐宋八大家之一的曾巩也看不下去了,直言宋朝灭掉后蜀之后,把蜀中的财富分成"重货"和"轻货",统统运回了京都开封。

那些蜀人数代积攒下来的"重货"和"轻货",被统治他们的宋朝,用抢劫一般的掠夺手段,花了整整 10 年时间才运完——这该是多大一笔财富啊。

此情此景,如果你是这个朝廷统治下的蜀人,会坐视不管吗?比起看得见的真金白银的掠夺,心理上的离心离德更令人恐怖。"得民心者得天下",朝廷眼里没有了人民,百姓能热爱这个朝廷吗?20 万蜀人参与的王小波、李顺起义,应该就是在这种背景下爆发的。

宋之前是五代十国。今天来看这个时期的地图，一个个小政权就如同老和尚百衲衣上的拼图。特别是十国创建者中，有9个是北方人，而其中5个就是河南人。其原因也不奇怪，大唐的中心就在中原，唐末黄巢起义对中原地区的打击最严重，一些手中拥有部队的军事将领，随着战乱从中原四散往外跑。他们带着自己的人马，"近水楼台先得月"，趁天下大乱夺取了某个地方的政权后，建立国家，自立为王，实现自己的皇帝梦。那些小国大都地理位置不错，有天然的地理屏障，比如前蜀和后蜀在四川盆地，南汉在梅岭以南，闽国在武夷山以东……有了山川阻隔，安全就有了保障，不用给中央上缴（自己就是中央），也没有扩张的野心（自己就是皇帝），如果不是特别折腾，小日子应该会很滋润。

四川盆地北边有秦岭，东边有巫山，关起门来自成一体，易守难攻，所以中国历史上但凡天下一乱，四川都会出现一个割据政权：两汉之际，公孙述在四川称帝；三国时期，蜀国虽然又弱又小，但是能与魏、吴鼎足而三；东晋十六国时期，这里又建立了一个成汉；到了五代，又出现前蜀、后蜀两个政权。这不是偶然的，所以到了元代，一定要把秦岭以南的一大块区域划到陕西，这样一来，从北边出兵四川就方便了。果然，从元代之后，四川没再出现长时间的割据政权。

如果说王小波、李顺起义，是典型的官逼民反的话，那么宋朝初年发生在成都的其他叛乱就是兵变。965年的全师雄之乱，是兵变；997年的刘旴之变，是兵变；1000年的王均之乱，同样是兵变。

兵变和民变有着本质的不同。故而，罗振宇先生分析认为，唐朝后期到宋朝的兵是职业兵，称为募兵，那些人完全是靠当兵为生，比起分散的、难以组织的农民，有组织的军人，彼此成天聚集在一起，更容易形成武力集团，干出一番大业。

民变是老百姓被逼急了，反正也活不下去了，如果有人愿意出头组织，就不如赌一把。而兵变，通常会有三条出路，要么是聚集起来闹军饷，只要钱一发，有东西吃，也就偃旗息鼓。实在不行，兵变还有一个演变的方向，就是变成土匪，因为有组织、有武装，虽然对抗朝廷不足，但是欺负老百姓绰绰有余，所以就转头去抢老百姓。对此，鲁迅有精彩的总结："勇者愤怒，抽刃向更强者；怯者愤怒，却抽刃向更弱者。"罗振宇以为，兵变还有第三条路可走，乱世当中，当兵变闹大到不可收拾之后，他们就会看到干成一件大事、实现一种野心的可能——要么当皇帝，要么搞割据。

"历史的想象空间"并没有关闭。蜀地山川险要，关门落锁，搞一个割据政权，混上几十年，那是相当有可能的。罗振宇继而往深处分析：地方割据，有时候并不只是一个军阀野心爆发的结果，它背后往往有一套不易察觉非常隐秘的动力机制，有了这个机制的作用与策应，当事人往往身不由己。

要理解这种现象，就得理解一个词："权反在下"。这个概念出自清代历史学家赵翼，说的就是五代十国时藩镇蔑视朝廷、士兵挟制主帅的情况。正所谓，"王政不纲，权反在下；下凌上替，祸乱相寻"。至少在晚唐、五代这样的乱世里，我们看到很多人是不愿意当老大的。不妨来看一个晚唐的例子，唐德宗贞元十七年（801）邠宁节度使死了。

按说，朝廷应该新派一个节度使来。但是藩镇的士兵不干，一定要自己拥立一个。士兵先找了一个叫刘南金的人，"你来当这个节度使。"老刘说，我不干。不干？士兵就把他杀了。再去找下一个人，找到一个叫高固的人。高固刚开始躲起来，但还是被搜出来了，"你来当这个节度使。"刀架脖子上了。干还是不干呢？高固说，让我干也行，答应我两个条件，不能杀人，不能抢劫。士兵说，行行行，都依你。高固就当了这个节度使，朝廷也只好正式任命他当这个节度使。

翻开晚唐五代史，这样的故事不胜枚举。有学者统计唐朝末年的藩镇动乱，80%都是以下犯上。南宋人叶适甚至坦言，当时谁当头儿，都是下面的士卒说了算。大家一推戴，谁也不敢说一个不字。

这，就是所谓"权反在下，阴谋拥戴"的典型模式。

我们处于正常社会里面，往往觉得有权是一件好事，但是在乱世，尤其是乱世的武装集团里面，如果把你推到那样一个位置上，是非常可怕的。

造反如果失败，拥戴你的士兵可能就一哄而散。擒贼先擒王，你这个当头的肯定就活不成了。965年的全师雄之乱就是一个典型的例子。在本书第2章有过交代，全师雄本是后蜀一个武人出身的官员，本来是作为降官带着家眷要去京师等待工作分配的，走在半路上还是被迫当了叛军的头。至此，全师雄已身不由己，瞬间站在了朝廷的对立面，成为朝廷最大的敌人。

全师雄之后的王均之乱更是无厘头。叛乱的军队不是原来四川当地的军队，而是朝廷的最精锐的禁军。叛乱的首发阵容有多大？八个人。领头的是一个小兵，名叫赵延顺。这事《续资治通

鉴长编》第 46 卷记载得十分清楚:

咸平三年正月己卯朔,有中使自峨眉山还京师,符昭寿戒驭吏具鞍马,将出送之。延顺等乃悉解厩中马缰,使跳跃庭下,阳逐而絷之,喧呼之际,延顺遂帅其徒,径登厅事,击杀昭寿,并杀其二仆,据甲仗库,取兵器。时冕方坐州廨受官吏贺正,闻变皆逃窜,冕及转运使张适,缒城出奔汉州,惟都巡检使刘绍荣冒刃格斗,既而众寡不敌。延顺等尚未有主,或欲奉绍荣为帅者,绍荣摄弓大骂曰我燕人也,比弃狄归朝,肯与汝同逆邪?亟杀我,我宁死义耳!延顺等亦未敢害之。都监王泽闻变,召王均谓曰:汝所部兵乱,盍自往招安?延顺左执昭寿首,右操剑,彷徨未知所适,忽见均至,即率众踊跃,奉均为主。指挥使孙进不从命,亟杀之。

余兵及骁猛、威武军悉合而为乱,绍荣缢死。均僭号大蜀,改元化顺,署置官称,设贡举,以神卫小校张锴为谋主。锴本名美,太原旧卒也。

为什么叛乱?原因极其简单。军队搞检阅仪式的时候,他们这支部队待遇不如别人好,吃的、穿的,不如人家好。就为争一口气,没有什么预谋,就造反。

那问题是,不是叫"王均之乱"吗?这个王均是谁?又是怎么上的贼船呢?

王均就是他们这支军队原来的头儿。这事发生在公元1000年的大年初一。八个小兵因为一口好吃的没吃上,就开始杀人造反。刚开始可能只是闹情绪,真的杀了人,闯了祸,这几个小兵才傻眼了,才想起下一步该怎么走。于是出现了非常戏剧性的一幕,就是找人来带头。一连杀了好几个不愿带头的人,最后王均(可能是他们的军官)来了。他们又去游说,要不你领着我们造反吧?王均一看,本来就是自己的兵,闯下这么大的祸,自己也脱不了干系。再说了,如果不答应,有前车之鉴,心一横,就干了。

十个月之后,付出了惨重的代价,这场叛乱才被平定。

其间的整个过程,简直就是五代乱世里那些故事的翻版。这些叛乱的偶然性极大,叛乱的前一刻可能还好好的,没有任何征兆,一旦事发,血腥味极浓,谁也控制不了。

"王均之乱"唯一的特殊性就在于,这事不是发生在晚唐、五代、宋初,而是发生在大宋建国已经40年的宋真宗时代。这说明什么?说明此前那个乱世带来的社会结构、行为逻辑还没有被彻底消除。说明哪怕是一个军头,只要啸聚起来,就可能成事,就能获得众人拥戴,至少能割据一方。这个"历史的想象空间",至少在公元1000年前后,还没有彻底关闭。罗振宇也不禁感叹,事到临头的时候,这些人还是觉得"有机会"。

马克思说:"一切已死的先辈们的传统,像梦魇一样纠缠着活人的头脑。"这些人虽然生活在偶然之中,但他们是在"既定的、从过去继承下来的条件下"创造属于自己的历史。问题的症结在于,统治者们没有从根本上根除这样的"偶然性"。宋朝建国,是在五代十国的历史条件之上创造自己的历史。宋朝建国40多年了,前代军阀的故事和传统,还是如梦魇一般纠缠着很多活人的头脑。

这,便是北宋所处的特殊的历史大背景。

为什么建立一个统一秩序这么难?十分善于讲故事的罗振宇

先生，从"土崩"和"瓦解"两个维度，做了生动的解剖与诠释：

什么是"土崩"？就是社会秩序彻底解体。就像一堵土墙，日晒雨淋到最后，只要有个手指头一捅，轰隆一声就全倒了，碎成渣渣，这叫"土崩"。一个社会到了这种地步，老百姓也好，精英阶层也好，都受不了。

"最糟糕的秩序，也好过没有秩序。"所以这个时候，人心所向就是希望赶紧推出一个新统治者，搞出一个新秩序。秦朝末年的刘邦、元朝末年的朱元璋，面对的就是这种局面。刘邦和朱元璋都来自底层社会，他们都能成事。此时，旧秩序是一种比较彻底的溃散状态，他们建立新秩序的难度就相对小。但"瓦解"就不一样了。原来的统一秩序，像瓦片一样，碎成了一块一块的。但你要是细看每一片瓦的内部，会发现仍然是秩序井然。原来的财富分布、权力结构、精英阶层都还在，甚至内部的向心力还很强。

晋朝和唐朝崩溃之后，分别留下了两个大分裂时代，就是南北朝和五代十国。这个时候，如果要把它们整合起来，难度就大得多了。

想想当年的四川人，我们熟悉的皇帝被你抓走了，我们的精兵被你调走了，我们的钱你说拿走多少就拿走多少，你是一个远在千里之外的一个姓赵的年轻人，凭啥？

这个问题，只靠武力是回答不了的。

词条 『四川』来历

"四川"这个名称，始见于宋代。宋真宗咸平四年（1001），宋王朝对地方行政区划进行了一次新的调整，将巴蜀之地划分为益州路、梓州路、利州路、夔州路，治所分别为今成都、三台、汉中和奉节，总称"川峡四路"，简称"四川路"。这是"四川"得名之始。川峡四路的行政管辖区域大致包括：今四川大部，陕西汉中秦岭以南的子午河、星子山以西地区，贵州的安顺、贵阳、遵义、铜仁等区域，以及甘肃文县。宋徽宗大观三年（1109）的诏书中就正式使用了"四川"一词，这是目前所见到的将"四川"作为行政区划略称的开始。这以后，宋代设有"四川宣抚使""四川制置使"等官职，就是中央派驻川峡四路的官员，都将川峡四路简称"四川"。元代，这里正式建立"四川等处行中书省"，简称为"四川行省"，再简化为"四川省"。这是"四川"作为省级行政名称的起源。

"蜀道"与"世道"

四川盆地北有秦岭，西有青藏高原，南有云贵高原，东有长江三峡，怎样才能突破这"四塞之地"顺利入蜀呢？当然要靠"蜀道"了。

"尔来四万八千岁，不与秦塞通人烟。"距今3000多万年前，板块运动让青藏高原不断隆升，在四川盆地周缘造就了龙门山、大巴山、七曜山和大相岭等多条山脉。层峦叠嶂的山脉把四川盆地团团围住，独特的地质构造成就了气候温和、物产丰饶的成都平原，但也让蜀地四面被高山峡谷阻隔。

"地崩山摧壮士死，然后天地石栈相钩连。"一条条凝结着先人非凡智慧与勇气的蜀道，突破群山和高原形成的自然屏障，向外界延展。

数千公里的蜀道网络，就像一条坚韧的红丝带，记述了中华民族不屈的史诗。

条条道路通罗马，蜀道也不止一条。由关中南下，翻越秦巴山脉、进入四川盆地的古道，统称蜀道。它包括跨越秦岭的陈仓道、褒斜道、傥骆道、子午道，称为北四道；穿越巴山的金牛道、米仓道、荔枝道，称为南三道。

七条蜀道中，荔枝道是唯一以水果命名的，其开通时间也最晚，肇始于唐，里程也最短。这条道因为唐玄宗的一个妃子而得名。妃子名叫杨玉环，大唐上下皆尊称为杨贵妃。杨贵妃生于蜀，喜欢吃鲜荔枝，而涪陵据说是当时离京城长安最近的荔枝产地。于是，唐玄宗下诏令人带上刚摘的荔枝，快马加鞭，"自涪陵，由达州，取西乡，入子午谷，至长安"，沿途各驿站接力护送，全程只准用三天，这样荔枝"香色俱未变"，才能讨得妃子的欢心。

荔枝道北段连着子午道，南段自今陕西西乡县南越大巴山，进入四川达州市开江县，再经重庆忠县、丰都县，最终抵达涪陵。若从涪陵妃子园出发，其大致路线是：先经垫江—梁平—大竹—达县—宣汉—平昌—万源—通江，再入万源—镇巴—西乡县子午镇，最后进入子午道，到达西安。

千百年来，蜀道一直是联结关中、汉中、巴蜀以及西南少数民族地区交通的大动脉。蜀道有广义与狭义之分。广义上的蜀道，泛指历史上巴蜀地区和其他地区交通的通道，包括经水路走长江三峡的交通线路，以及以成都为起点的南方丝绸之路等；狭义上的蜀道，特指历史上秦蜀之间相通的主要干道，即秦汉至明清时期连接关中与成都平原、穿越秦岭和大巴山的一系列川陕道路，多指历史上的金牛道、褒斜道、连云栈道等。

除了广义与狭义之外，致力于研究巴蜀历史的历史学家蓝勇先生，提出了"中义的蜀道"概念，特指秦蜀栈道和归巴栈道。此概念的提出，源于明万历年间王士性、何宇度的记载。

王士性与旅行家徐霞客齐名，他比徐霞客早出生40年。与徐霞客自助式游历不同的是，王士性主要是利用在各地做官之便饱览河山，后人评说他"无时不游，无地不游，无官不游"，"穷幽极险，凡一岩一洞，一草一木之微，无不精订"（《临海县志》）。徐霞客游过十四省，独缺四川；王士性也游过十四省，单少福建，曾官至四川参议（从四品）。王士性在《广志绎》卷5中记载：

李太白称"蜀道之难，难于上青天"，不知者以为栈道，非也，乃归、巴陆路，正当峡江岸上，峻阪巉岩，行者手足如重累。黄山谷谪涪云："命轻人鲊瓮头船，行近鬼门关外天。"人鲊瓮在秭归城外，盘涡转毂，十船九溺。鬼门关正当蜀道，今人恶其名，以其地近瞿塘，改瞿门关，亦美。

比王士性略晚的何宇度也在成都做过官。1602年，湖北人何宇度来到成都就任华阳县令。他一生崇拜杜甫，来到成都的前一年，任夔州通判（正六品）时就四处寻访杜甫流寓夔州时的遗迹，找到后欣然勒石刻碑"唐工部子美游寓处"。来到成都后，何宇度自然更要去浣花溪畔凭吊诗圣的成都故居。1602年，怀着对诗圣杜甫的崇敬，何宇度对草堂"稍为之修葺"，进行了维护。

这次修葺中，何宇度做了重要的一件事——"镌公遗像及唐本传于石"。这一杜甫石像经历400年的风霜雪雨，至今依然保存完好，成为国家一级文物。这个杜甫草堂博物馆里最早的石刻像上面，杜甫体形丰满、气度雍容，与草堂所藏元人绘《子美戴笠画像》风格、造型类似。

何宇度在碑之跋语中云："先司寇公故藏有公遗像一纸，质之世传圣贤图谱罔异，予因取而勒诸石……树之祠中。"可揣测何宇度家藏的杜像当与今草堂馆藏元人画像略同。

何宇度同样喜欢游历，且也著书立说。经历过巴与蜀的他，在《益部谈资》中对蜀道这样描述：

蜀道难，自古记之，梁简文帝诗云"巫山七百里，巴水千回曲"，为川东舟行峡中作也。李白诗云"不与秦塞通云烟"，为川北栈道作也，大都蜀道无不难如上青天者，峡固险矣，而陵亦匪夷，如夷陵至巴东之陆程则视栈道何异，是其难又在楚不在蜀耳。

两位文人眼中的蜀道，包含有秦蜀栈道和归巴栈道。蓝勇认为，这两条通道也正是传统时代巴蜀地区与外界交通交流的最重要的两大干道。

"蜀道"一词的历史，可谓源远流长。《史记》有"邛、筰、冉、駹者近蜀，道亦易通"的记载，《后汉书》也提到"蜀道阻远，不宜归茔"。不过，汉晋时"蜀道"一词的使用率却并不高，在蜀人常璩写的《华阳国志》中，"蜀道"一词竟未出现。

历史一路走来，蜀道上发生过很多故事。无论是帝王将相，还是贩夫走卒，可谓精彩纷呈。一条看上去十分漫长的蜀道，所折射出的其实是人与人、人与事的世道。从"蜀道"到"世道"这个提法，是我借用历史学家蓝勇的。他在其专著《话语提炼与中国历史研究》中详细解释了这种提法的初衷与缘由。蓝勇先生从历史文献中提炼出由"蜀道"而延伸出的"世道"，令人眼前一亮。

从中义的蜀道延伸开来，蓝勇站上一个全新的高度俯视，在我们人人都看得见的蜀道基础之上，提出了一个"看不见的蜀道"，一语点醒梦中人，从古往今来众多的历史研究中抽身出来，有如一个武林高人，将手中的宝剑轻轻一点，那层一直蒙着的窗户纸便豁然洞开，世界的本真便显露了出来。

还有，梁简文帝萧纲的《蜀道难》二首：

建平督邮道，鱼复永安宫。若奏巴渝曲，时当君思中。
巫山七百里，巴水三回曲。笛声下复高，猿啼断还续。

这组诗描绘了在弯曲湍急的三峡行船的情景，是写蜀道之险。同时代的刘孝威也作《蜀道难》二首：

玉垒高无极，铜梁不可攀。双流逆巇道，九坂涩阳关。
邓侯策马度，王生敛辔还。敛辔惧身尤，叱驭奉王猷。

嵋山金碧有光辉，迁停车马正轻肥。
弥思王褒拥节去，复忆相如乘传归。
君平子云寂不嗣，江汉英灵已信稀。

刘孝威的《蜀道难》主要是写蜀道之险，思昔圣人之踪迹，发思古之情。但南朝陈诗人阴铿的《蜀道难》则借写蜀道难，喻世道险恶、功名难求：

王尊奉汉朝，灵关不惮遥。高岷常有雪，阴栈屡经烧。
轮摧九折路，骑阻七星桥。蜀道难如此，功名讵可要？

到了唐代张文琮作《蜀道难》，似也有借景抒发世道艰难之意：

梁山镇地险，积石阻云端。深谷下寥廓，层岩上郁盘。飞梁驾绝岭，栈道接危峦。揽辔独长息，方知斯路难。

对于历代诗人而言，蜀道好似一道同题作文，引发他们抒写出不同的感慨来，每一个人的人生际遇不一样，结局不一样，彼此的故事当然也不一样。蓝勇眼里，在用"蜀道"借指"世道"方面，当然数唐代李白的《蜀道难》最为有名：

传统认为李白《蜀道难》一诗除写蜀道险恶之实外，更有斥责当时的剑南节度使严武之意。但现代人普遍认为李白此诗表面写蜀道艰险之状，实则写自己仕途坎坷，反映了自己长期游历的艰辛和怀才不遇的悲愤。（蓝勇《话语提炼与中国历史研究》）

检索《全唐诗》就会发现，包含"蜀"字的诗达千余首，包含"蜀道"的诗有50余首，包含"蜀道难"的诗有卢照邻、张文琮、李白、岑参、姚合、罗隐、韦庄、冯涓、王周、齐己等人作的共10首，而包含"蜀道易"的诗仅有1首。

检索宋诗也会发现，包含"蜀道"的诗有50首，包含"蜀道难"的诗有欧阳修、范成大、陆游、梅尧臣等人所作。

值得指出的是，唐代诗人陆畅专门为讨好当时的西川节度使韦皋而撰《蜀道易》，该诗认为"蜀道易，易于履平地"，故韦皋"大喜，赠罗三百匹"。

宋代文人诗文中也有咏"蜀道易"的诗句。到明代，文人方孝孺再作《蜀道易》，来颂扬当时的明太祖。蓝勇认为，方孝孺的《蜀道易》，将"蜀道"本来是交通意义上的话语，完全放大为人间世道的意义，并用其来表达自己的情怀，渲染得透彻万分。方孝孺诗里的"蜀道"，已经有了世间世道的意义，而且"不仅是对巴蜀地区世间世道的借喻，更是对整个大明王朝世间世道的借喻"。

从地理通道的特指，演绎为巴蜀地区、巴蜀世道，一直到中国世道。"蜀道"一词不断演化的过程，也是"世道"不断进化的历程。

词条 蜀道

3000多万年前，板块运动让青藏高原不断隆升，在四川盆地周缘造就了龙门山、大巴山、七曜山和大相岭等多条山脉。层峦叠嶂的山脉把四川盆地团团围住，独特的地质构造成就了气候温和、物产丰饶的成都平原，但也让蜀地四面被高山峡谷阻隔。为了沟通内外，人们修筑了蜀道。蜀道打通了秦岭、大巴山，联系起关中平原与四川盆地。它帮助秦人将蜀地经营成稳固的天府之国，为统一天下奠定坚实的基础。

传统意义上的蜀道是指周秦汉唐时期从长安（今陕西西安）翻越秦岭、大巴山，经过汉中盆地通往成都平原的古道交通网络。其中，秦岭段主要有故道（陈仓道）、褒斜道（唐宋改道后在明清时期又称"连云栈道"）、傥骆道（又称骆谷道）、子午道与阴平道。

经汉中盆地大巴山的古道主要是金牛道、米仓道与荔枝道。荔枝道与杨贵妃喜食新鲜荔枝而建起的运输驿道有关。蜀道许多地段蜿蜒于秦巴山地的河谷险峡之中，须伐木架栈行走，故蜀道在诗人笔下又称"栈道"。此外，峡江古道、川滇古道、川黔古道、川藏古道等都属于广义上的蜀道。

天降的"平民社会"

我们知道,宋代总体而言是一个平民社会。平民社会的一个重要标志,就是读书人直接影响社会的走向。因而,赵氏家族的皇族,对读书人特别是重要的读书人,是尊敬有加的。钱穆在《中国经济史》中,对于宋代的平民社会阐述得比较清楚:

论中国古今社会之变,最要在宋代。宋以前,大体可称为古代中国,宋以后,乃为后代中国。秦前,乃封建贵族社会。东汉以下,士族门第兴起。魏晋南北朝迄于隋唐,皆属门第社会,可称为古代变相的贵族社会。宋以下,始是纯粹的平民社会。除蒙古满洲异族入主,为特权阶级外,其升入政治上层者,皆由白衣秀才平地拔起,更无古代封建贵族及门第传统的遗存。故就宋代而言之,政治经济、社会人生,较之前代莫不有变。

正是科举考试制度的严密化,确保了它向更多平民开放,对更多人来说是公平的。"唯有糊名公道在,孤寒宜向此中求。"张宏杰先生也认为,宋以前的中国是"贵族—半贵族"社会;宋以后的中国,变成了平民社会。也正因为此,宋代才会有"寒俊"的崛起。所谓"寒俊",是指家境比较清寒的有才之士。唐宋时期，有些士子进不了学校，读书于山林、寺院里。

遥想北宋初年，吕蒙正和他的朋友温仲舒在洛阳龙门利涉院读书。夏天很热，两人下午在伊水边散步时遇见卖瓜人，很想买。洛阳当地产瓜，一个甜瓜用不了几文钱，两个人却掏不出来，只好怅然看着卖瓜人越走越远。这时担子上掉下一个瓜，周围没有别人注意，两人就把瓜捡来分着吃了。后来吕蒙正高中状元，当了宋太宗的宰相。他回到当年捡瓜的地方，买下这片地，修了个亭子，匾额"饐瓜"（饐，指食物腐败发臭），以示不忘贫贱，对于后来的清贫士子同样是一种激励。在北宋，类似的"励志"故事，还有范仲淹的"断齑画粥"。"断齑画粥"是说当年他在长白僧舍读书，从家里带的米不够顿顿吃干饭，就熬成粥，凝成坨以后划成若干块，"计划"着吃，咸菜也要切成段算计着吃。范仲淹出自苏州范氏，幼年丧父，母亲带着他改嫁到山东朱姓人家，一直到他参加科举考试，填的名字都是朱说。考中做官之后，他曾回到苏州组织范氏义庄，资助那些读不起书的范姓子弟。以吕蒙正和范仲淹为代表的这些人物，正是依靠科举考试才得以崛起。宋代的一些精英人物知识相对渊博，在文章、经术、政事等各方面都有所成就。

钱穆先生甚至将宋称为"纯粹的平民社会"，认为"其升入政治上层者，皆由白衣秀才平地拔起"，他认为一切从布衣来，也由布衣来享用这个时代的成果。极其明显的标识就是科举。两宋一共享祚319年，据统计，共开科118榜，录取人数超过11万人，是唐及五代录取总人数的10倍之多，就连以后的元明清各代，录取人数均无法与宋代相比。科举制从隋代诞生到清朝结束，这1300多年的历史中，没有任何一个时代能够像宋代那样产生大量的文学家、史学家、哲学家与政治家。

"朝为田舍郎，暮登天子堂。"

"万般皆下品，惟有读书高。"

"书中自有颜如玉，书中自有黄金屋。"

这些今天我们仍然耳熟能详的诗句，都产生于宋代。可以说，这是中国文明史上的一个特殊时期。正如陈寅恪先生所赞扬的："华夏民族之文化，历数千载之演进，造极于赵宋之世，后渐衰微，终必复振。"

科举诞生于隋唐，在唐代基本定型，而真正扬起科举大旗，用科举取士的，是宋代。

有唐一代，科举一定程度上只是政治的装饰物，并未从根本上解决世族政治的弊端。一个人在科举场上能否高中，虽受其家庭出身、社会关系、个人风评、外貌口才等影响，但更为关键的还是"行卷"与"公荐"。所谓"行卷"，就是考生在考试前将自己写的诗文投递给达官显贵，以求他们能够推荐。白居易的《赋得古原草送别》、张继的《枫桥夜泊》以及杜牧的《阿房宫赋》都是为行卷而作。

洞房昨夜停红烛，待晓堂前拜舅姑。
妆罢低声问夫婿，画眉深浅入时无？

唐人朱庆馀的这首诗，比较生动地表现了"行卷"后的微妙心情。

所谓"公荐"，是指公卿大夫向主考官推荐人才。李白一生未曾参加科考，却供奉翰林，就是因为玉真公主的推荐。唐科举制下，没有人脉、没有社会关系是不成的。晚唐的杜荀鹤就是因为出身寒微，屡试不第，"空有篇章传海内，更无亲族在朝中"便是对这一不合理制度的讥讽。

宋代的科举制度分为解试、省试和殿试三级，这三级有如爬楼梯一般，愈来愈难，既给了所有读书人考取功名的机会，又设置了步步登高的门槛与难度，考生们需要逐级博弈，方能实现鲤鱼跃龙门。人人享有机会，个个平等竞争，这才是平民社会的基本规则与底层逻辑。

史载，宋仁宗以前殿试也实行淘汰制，自嘉祐年间以后，只要进入殿试，就不再淘汰。嘉祐二年，殿试的主考官是欧阳修，共录取388人，不仅出了苏轼、苏辙、曾巩这"唐宋八大家"中的三位，还涌现了张载、程颢"北宋五子"中的两位。

欧阳修曾感慨："无情如造化，至公如权衡。"无论是乞丐、孤儿还是书童，皆可凭借自己的本事考取功名，是谓人尽其才。宋初的张雍是个流浪儿，靠乞讨为生，对于《诗经》深有研究，太祖时期高中进士，最后官至尚书右丞。杜衍同样是流浪儿，靠给人抄书勉强度日，宋真宗时登科，仁宗时官至宰相。陈升之，出身贫寒，在朋友的勉励支持下刻苦学习，最终在仁宗朝登科，神宗时期官至宰相……类似的例子不胜枚举。

"寒门出贵子"的精髓，就在于其公平性。有学者统计，宋代布衣入仕者占比55.12%。其中官至一到三品占比53.67%，到北宋末年达到64.44%。而唐朝寒素子弟的录取率却仅有15.9%。宋朝的科举考试，真正实现了"取士不问世家"的承诺。

这种氛围，所辐射的效果是全方位的。有了科举指挥棒的示范效应，就有了义学、义庄的兴起，还有官办学校、书院对贫寒子弟敞开大门。如果你足够优秀，政府对进京赶考的贫寒子弟还发放"公券"，凭此可以在公家的驿站免费食宿。

清代历史学家赵翼就认为，宋朝末日，之所以有那么多官员以身殉国，并非偶然，就是因为朝廷发乎内心对这些人尊崇有加，赵翼在《廿二史劄记》不禁感叹：

其给赐优裕，故入仕者不复以身家为虑，各自勉其治行。观于真、仁、英诸朝，名臣辈出，吏治循良，及有事之秋，犹多慷慨报国。绍兴之支撑半壁，德祐之毙命疆场，历代以来，捐躯殉国者，惟宋末独多，虽无救于败亡，要不可谓非养士之报也。

历史是最好的启蒙，从历史中能发现人的尊严，甚至发现一个藏在《清明上河图》里的"市民社会"和"福利社会"。事实上，社会福利并不是现代才有的。在《续资治通鉴长编》中，宋太祖朝17年，"赈"24次，"蠲"32次。所谓"蠲"，就是取消农业税之类。乾德二年（964），更有一道诏书给地方长吏言：如果有旱灾，"即蠲其租，勿俟报"。意思就是，如遇大旱，正赶上收租，要马上蠲免，不必等到上报后批准。

这一德业，古今不曾见有。

一幅《清明上河图》，向我们展示了开封的平民色彩，通衢上的行人川流不息，十字街头有说书、杂耍、休闲娱乐的人；活跃在民间的普通民众成为文学艺术、文化知识的传布者、欣赏者、接受者。随着城市经济的发展与市民阶层的兴起，市井文化在这个时代大放异彩。四川大学考古文博学院齐东方教授曾说，他在长安城的发掘过程中，有个非常深刻的印象，就是唐代长安城像是一个半军事化管理的都城，而宋代的东京开封城，却不是那么方方正正，也不是那么规则，官府与民居杂陈，没有明确的功能分区。

重视商业与文官体系发达，使得宋的文明程度空前进化，在国家主义和私有经济这两个领域获得平衡与发展，对外奉行防御性政策，但在经济领域中的商业方面则比较激进，"四方之货食以会京邑，舳舻相接，赡给公私"。尤其是四川、福建、江浙等地纸币的诞生，可以被认为是中国在文明竞赛中领先西方的代表。北宋年间，宋太宗即表明朝廷的亲商态度：

> 富室连我阡陌，为国守财尔。缓急盗贼窃发，边境扰动，兼并之财，乐于输纳，皆我之物。（王明清《挥麈录·余话》）

除了天子，当时士大夫对于富人也相当宽容与肯定，比如北宋苏辙即表示富人出现是情理之中，贫富相安是安定根本：

> 惟州县之间，随其大小皆有富民，此理势之所必至。所谓"物之不齐，物之情也"。然州县赖之以为强，国家恃之以为固。非所当忧，亦非所当去也。能使富民安其富而不横，贫民安其贫而不匮。贫富相恃，以为长久，而天下定矣。（《栾城集·三集》）

更进一步，南宋叶适已经认识到有产阶层对于社会稳定的作用，指出富人是维系社会上下阶层的枢纽，甚至批评用打击富人来救助穷人的想法，认为此举虽然善良却不应实行：

富人者,州县之本,上下之所赖也。富人为天子养小民,又供上用。虽厚取赢以自封殖,计其勤劳,亦略相当矣。(叶适《水心别集》)

历史充满文明陨落的悲剧,而史书总是难以走出成王败寇的逻辑。从秦汉隋唐到宋元明清,在中国两千多年的王朝历史中,宋朝恰好处于一个中点。与其他王朝相比,宋朝因"陈桥兵变"而建立,之后"杯酒释兵权"也并无杀戮。如果说,公元后的第一个千年是尚武的时代,那么从赵匡胤时代开始,第二个千年,基本是崇文的时代。这一特点在宋代和明清两代表现得都比较鲜明——除了少数开国皇帝,这一千年中的大部分皇帝都善于吟诗作画而不善于舞刀弄枪,连曾经威风八面的满洲子弟最终都不能扛枪打仗了。

从大历史的角度看,这是文明的进步。认识到这一点,我们便无须对宋以来那些文弱的皇帝有太多的指责。但从局部看,却是王朝的悲剧,因为这些文质彬彬的朝代始终没能摆脱凶悍邻居的纠缠,被打得满地找牙。

赵匡胤是一个典型的职业军人,但他却将文化的地位推到了历史最高点。"半部《论语》治天下"就是赵匡胤的宰相赵普的名言。随着文官体制的成熟,知识分子越来越承担起社会理性的使命,以儒家的仁义道德学说,驯服桀骜不驯的皇权,使它朝着遵天命、顺民意的方向发展,皇帝的行为也被纳入群臣士大夫的监督规范之中,皇帝不可能再像夏桀商纣那样野蛮血腥,也不会像秦皇汉武那样暴用民力了。尽管少数统治者十分残暴,却仍需把儒学挂在嘴边,而清代皇帝自幼所受的训练就更加严格。

常言说，大国多内忧，小国多外患。宋朝是中国历史上唯一一个没有大规模民变的王朝，其灭亡也是由于外部原因。相比之下，秦汉隋唐元明清这七个大王朝，无一例外都是亡于民变或者因民变而亡。

前者死于"他杀"，后者死于"自杀"。仅从这一点来说，宋朝的治理结构相对而言是比较合理和健康的，从而保证了社会的长治久安。

序：昔唐李白作《蜀道难》，以讥刺蜀帅之酷虐。厥后韦皋治蜀，陆畅反其名作《蜀道易》以美之。今其词不传。皋虽惠于蜀民，颇以专横为朝廷所患，畅之词工否未可知，推其意盖不过媚皋云尔，非实事也。伏惟今天子以大圣御极，殿下以睿哲之姿为蜀神明主。临国以来，施惠政，崇文教，大赉臣僚，及于兵吏。内外同声，称颂喜悦，天下言仁义忠孝者推焉。西方万里之外，水浮陆走，无有寇盗；商贾骈集，如赴乡闾。蜀道之易，于斯为至矣。臣才虽不敢望白，而所遇之时，白不敢望臣也。因奉教作《蜀道易》一篇，以述圣上及贤王之德，名虽袭畅而词无溢美，颇谓过之。其诗曰：

美矣哉，西蜀之道何今易而昔难？
陆有重岩峻岭，万仞镵天之剑阁，
水有砯雷掣电，悬流怒吼之江关。
自昔相戒不敢至，胡为乎今人操舟抹马，夕往而朝还？
大圣建皇极，王道坦坦如弦直。
西有雕题凿齿之夷，北有毡裘椎髻之貊。
东南大海际天地，岛居州聚千万国。
莫不奉琛执贽效朝贡，春秋使者来接迹。
何况川蜀处华夏，贤王于此开寿域。
播以仁风，沾以义泽。
家和人裕，橐兵敛革。

词条　方孝孺《蜀道易》

> 词条　方孝孺《蜀道易》
>
> 豺狼变化作驺虞，蛇虺消藏同蜥蜴。
> 凿山焚荒秽，略水铲崖石。
> 帆樯屝履任所往，宛若宇宙重开辟。
> 美哉，蜀道之易有如此，四方行旅，络绎来游西览德。
> 成都万室，比屋如云。
> 桑麻蔽原野，鸡犬声相闻。
> 文翁之化，孔明之仁。
> 严郑之节，杨马之文。
> 遗风渐被比邹鲁，士行贤哲方回参。
> 方今况有贤圣君，大开学馆论典坟，坐令致化希华勋。
> 征贤一诏到岩穴，咄尔四方之士孰不争先而骏奔。
> 王道有通塞，蜀道无古今。
> 至险不在山与水，只在国政并人心。
> 六朝五季时，王路嗟陆沉。
> 遂令三代民，尽为兽与禽。
> 当时岂惟蜀道难，八荒之内皆晦阴，
> 戎夷杂寇盗，干戈密如林。
> 今逢天子圣，王贤之德世所钦。
> 文教洽飞动，风俗无邪淫。
> 孱夫弱妇怀千金，悍吏熟视不敢侵。
> 蜀道之易谅在此，咄尔四方来者不惮山高江水深。

第10章　从"蜀道"到"世道"